5
錬金王
illust. ゆーにっと
解雇された
宮廷錬金術師は
辺境で大農園を作り上げる
～祖国を追い出されたけど、最強領地でスローライフを謳歌する～

「メルシア、それは……？」
イサギ
「開発したコンソメキューブです！」
メルシア

「さすがはモグモグ族だね！」
ネーア
「イサギ！　大農園でおいらが働いてもいいモグか？」
モグートたちは鋭い爪を生やすと、
その爪を使って地面に潜った。
五人はそのまま一列に並ぶと、
地中に潜行しながら真っ直ぐに進んで地面を耕す。
モグート
鉱山に住む
モグモグ族の男の子。
イサギの作った
トウモロコシが大好物。

「イサギさんを帝国に連れ帰ることができればよかったのですが……」
ルドルフ
柔和な切れ者で、どこか掴めない帝国の第三皇子。使節団として獣王国にやってきて、大農園の作物に興味を持ったようで……。

解雇された宮廷錬金術師は辺境で大農園を作り上げる

～祖国を追い出されたけど、最強領地でスローライフを謳歌する～

5

錬金王

Illust. ゆーにっと

目次

1話　宮廷錬金術師は第三皇子について話し合う

レディア砦《とりで》に帝国の使節団が来訪した。

しかも、その使節の代表には帝国の第三皇子であるルドルフ＝アスタール＝レムルスがいる。

そんな突然の来訪に備えるため我らが獣王国の国王であるライオネルと、第一王女であるレギナが俺の家にやってきていた。

「さて、使節団の代表として帝国の第三皇子とやらがやってくるとのことであるが、イサギとメルシアはこの人物について何か知っていることはあるか？」

我が家のリビングのイスにどっかりと腰掛けているライオネルが尋ねてくる。

これも大概な状況ではあるが、プルメニア村には王族をもてなせるような豪華な施設はないし、状況が状況なのでしょうがなかった。

「ルドルフ様についてはあまり知らないですね。式典などで遠くから顔を見たことがあるくらいです」

俺はそういった貴人と接する機会は極端に少なかった。そのためルドルフの容姿は知っているが、それ以外の情報はまったく知らない。

「メルシアはどう？」

俺は宮廷内の情報には疎いが、侍女として働いていたメルシアであれば何か情報を知っているかもしれない。

「私も直接お仕えしたことはございませんが、人となりなどは耳にしたことはあります」

「聞かせてくれぬか？」

「はい。端的に申しますと皇族の中では比較的珍しい平和主義のお方です」

「平和主義というのは？」

「侵略を是として掲げる帝国ですが、ルドルフ様はむやみやたらと侵略をするのではなく、まずは国内の治世を盤石にしたいと考える方のようです」

「帝国の皇族なのに？」

レギナが驚くのも無理もない。それほどに帝国は多方面に侵略をし、領土を広げてきた過去を持つ国。

つい先日、宣戦布告もなしにプルメニア村へと侵略してきたウェイスを知っていれば、ルドルフの掲げる平和主義という言葉に疑いを持ってしまうのも仕方がない。

俺も正直、帝国と平和という言葉は反するものだと思う。

「皇族の中では異端な考えをしているが故に他の御兄弟と意見が対立することが多いようです」

「あっ、そういう噂《うわさ》なら俺も聞いたことがある」

メルシアの言葉を聞いて、俺はふとそんな噂が広がっていたのを思い出した。

「宮廷内で除《の》け者にされているイサギでも知っているとなると情報の確度は高そうね」

「うむ」

それは事実なんだけど、言い方が酷《ひど》くない？

レギナとライオネルの納得の仕方に俺は何ともいえない気持ちになった。

「兵士からの報告によると、第三皇子のいる使節団は最低限の人員だけで来ているみたいよ。ミレーヌの監獄にウェイスをはじめとする帝国貴族が捕虜としていることは伝えていないけど、身柄を取り返すために攻めてきたって感じでもないみたい」

レギナの部下から上がってきた報告によると、帝国の使節団は護衛も含めて十人ほどの少人数らしい。

皇子であるルドルフと護衛、身の回りの世話をする侍女しかいないようだ。

帝国の第三皇子が外に出ているにもかかわらず、あまりに少ない人数だ。

「となると第三皇子の目的とやらは交渉でしょうか？」

「それにしても行動が早すぎる。俺の出した手紙が帝国に届いて間もないタイミングだぞ」

「確かに」

終戦後からようやく一月《ひとつき》が経過したことを考えると、ライオネルが帝国へ出した抗議の手紙は届いているだろう。しかし、その内容に対する事実確認などをしていると時間がかかってしまう。帝国とプルメニアまでの道のりに二週間以上かかることを思うと猶更だ。

「逃げ延びた帝国兵士の情報を外にいたルドルフ様が耳にし、帝国よりも先に動いたのでしょうか？」

「それなら今レディア砦までやってきているのも納得ね」

メルシアの推測を耳にし、レギナが神妙な顔で頷《うなず》いた。

「その辺りの詳しい経緯は不明であるが、第三皇子とやらの性格と人員の数の少なさからして何かしらの交渉にきたのは間違いないだろう。だとすれば、直接顔を合わせて話し合うのも面白い」

ライオネルが好戦的な笑みを浮かべる。

帝国から売ってきた喧嘩《けんか》をどのようにして第三皇子が着地させてくれるか楽しみなのだろう。

「交渉するのはいいですが場所はどうします？」

「無論、この村だ。場所は村長の集会所を借りるとしよう」

「ああ、父さんの胃を痛める光景が目に浮かびます」

自国の王と王女に加え、他国の皇子がやってくるのだ。

村長として場所を提供するケルシーのストレスはとんでもないに違いない。

ケルシーには悪いけど、俺の家が指定されなくて心底よかったと思う。

「それじゃあ、使節団を案内するように伝えるわ」

「ああ」

ライオネルが頷くと、レギナがパンパンと手を叩《たた》く。

すると、外で控えていたらしい獣王軍の兵士が扉を開けて当然のように入ってきた。

ここうちの家なんですけど……と突っ込みたい気持ちはあるが今は急いでいるので見逃そう。

「使節団の方をプルメニア村の集会所まで丁重にご案内してちょうだい」

「かしこまりました！」

レギナからの命を受け取ると、兎耳《うさぎみみ》を生やした屈強な兵士は脱兎《だっと》の勢いで走り去った。

「速っ……」

「彼の足なら一時間もしない内にレディア砦につくはずよ」

どうやら彼は兵士の中でも指折りの走力を持っている伝令役のようだ。

うちの従業員にも兎人族のノーラはいるけど、運動に関してはからっきしだしな。

同じ種族でも身体能力の差は顕著に出るらしい。

「会談は午後からになるだろう。会談にはイサギとメルシアにも同席してもらいたいと思っているが構わぬな？」

「はい。俺たちでよければ同席させてください」

元帝国にいた俺とメルシアがいた方がライオネルも交渉がしやすいだろうし、帝国側もわかりやすく説明してくれる者がいた方が助かるだろう。

「集会所の手配については任せてもいいか？」

「はい。私から村長にお伝えしておきます」

「レギナ、俺たちは村の防備を固めるぞ」

「ええ」

メルシアの返答に満足そうに頷くと、ライオネルはレギナを伴って外に出ていった。

これから帝国の使節団がやってくるのだ。

プルメニア村の人たちに周知する必要があるし、もしもの事態に備えて兵士を配置する必要もある。

「では、私は各所への伝達を行います。イサギ様はごゆっくりお過ごしください」

「集会所の準備をするのは大変でしょ？　大農園周りへの伝達は俺がやっておくよ」

いきなり王族たちが集結する異常事態には、さすがにケルシーやシエナも戸惑うと思うから。

帝国についての作法を知っているメルシアがいてくれた方が準備も心強いに違いない。

「どうせ家にいても落ち着いて仕事ができそうにないからね」

肩をすくめながら本音を言うと、メルシアは苦笑した。

「では、お言葉に甘えまして従業員たちへの伝達はお願いします」

2話　宮廷錬金術師は釘を刺す

販売所の休憩室に顔を出すと、ネーア、ティーゼ、キーガス、ノーラをはじめとする従業員たちが休憩していた。

ちょうどお昼時とあってか従業員たちは持参した弁当を食べているようだ。

「あっ、イサギさんだ！　どうしたの？」

「ちょっと伝達することがあってね」

ネーアたちだけでなく、販売所を取り仕切っているノーラもいるのは嬉《うれ》しい。

実質的な代表者が二人いれば、伝達は一度で済むだろう。

怪訝《けげん》な表情を浮かべるネーアたちに俺は帝国の第三皇子が使節としてプルメニア村にやってくることを通達する。

「ええー!?　帝国の第三皇子がくるの？　この村に!?」

「それはまた急ですわね」

「約束もなしですか……」

「というか戦争を吹っ掛けてきやがってよくのこのこと顔を出せるもんだな」

従業員たちの反応は驚き、戸惑い、怒りといったものだった。

帝国は侵略してきた勢力であるが故に村人たちの印象はどうしてもよくはない。

「で、私たちはどうすればいいの？」

ネーアがそんな声をあげ、ティーゼ、キーガス、ラグムントも同じように視線を向けてくる。

「いつも通りに仕事をお願いするよ」

俺のそんな指示にキーガスとネーアが気が抜けたようにずっこける。

「それでいいのかよ？　使節団ってのは少人数なんだろう？　攻めてきた落とし前をつけさせるんだったら今がチャンスだぜ？」

「うんうん！」

帝国に対する怒りの感情が強いキーガスとネーアが瞳に剣呑《けんのん》な光を宿しながら言う。

「使節団の目的は戦後の交渉だからね。そんな真似はできないよ」

「けどよ、侵略して負けたからごめんなさいで許されるものなのか⁉」

「もちろん、それで済ませるはずがないよ。でも、だからといってやり返せば済む問題じゃないからね。帝国との全面戦争なんて誰も望んでいないだろうし」

「それはそうだけどよ……」

第三皇子のいる使節団を襲撃などしたら帝国との全面戦争はまったなしだ。

そんなことをすれば、獣王国全体に戦火が広がるだろう。

うちの大農園のお陰で乗り越えられたとはいえ、獣王国だって大飢饉《だいききん》の影響が強く出ている。

そんなタイミングで戦争なんてしてしまえば、帝国の民のように生活がズタボロになってしまうだろう。

赤牛族《あかうし》の集落と彩鳥族《さいちょう》の集落にも水源ができ、農園ができたお陰でようやく豊かな生活を手に入れることができた。そんな幸せを手放したいと思うはずがない。

「ライオネル様のことですから、きっちりと落とし前はつけてくれるでしょう。私たちはそれを期待して見守りましょう」

「けっ、俺は帝国の奴らを見たらぶん殴っちまいそうだぜ」

「そんなキーガスは帝国の人たちと接触しないように」

そっぽを向きながら物騒な台詞《せりふ》を漏らすキーガス。

俺はティーゼに視線を送り、彼を使節団に近づけないようにお願いする。

すると、ティーゼは苦笑しつつも頷いてくれた。

「そんなわけでどことなく村の雰囲気がピリつくだろうけど、いつも通りに大農園も販売所も営業を頼むよ」

「わかりましたわ」

「「はーい」」

聞き分けのいい二人はしっかりと返事し、血気盛んな二人はいかにも怠そうな感じで返事をした。

「さて、あとはコクロウにも伝達しておかないとな」

コクロウたちも帝国とは矛（爪）を交えた相手だからね。

キーガスのような血気盛んな思想をしているかもしれない。

プルメニア村の魔物が第三皇子や使節団を襲ったとなれば一大事なので注意しておかないといけない。

俺は販売所を出るとゴーレム馬に乗り、大農園にあるスイカ畑へと移動する。

スイカ畑へやってくると、木陰にはやや紫がかった黒い毛並みをしている大きな狼《おおかみ》が寝転んでいた。

プルメニア村の大農園を警備してくれているシャドーウルフのコクロウだ。

「やあ、コクロウ」

「また帝国の皇子と使節団とやらがくるのであろう？」

俺が近づいて声をかけると、コクロウは面倒くさそうにこちらを向きながら言った。

影を介して移動することのできるコクロウの耳には、帝国の使節団がやってくることが入っているらしい。

「そうそう。だから――」

「わかっている。夜には我と眷属《けんぞく》で始末しておこう」

「うんうん。暗くなったら闇夜に紛れて始末を――って、そんな物騒なお願いにきたわけじゃないからね⁉」

あまりにも自然に物騒なことを言ってくるので危うく同意しそうになった。

「なぜだ？　あいつらは我らの縄張りを荒らしにきた侵略者だ。懲りずにやってきたのであれば、完膚なきまでに叩き潰すのが道理であろう？」

「自然界ではそうかもしれないけど、人間社会では毎回それをするのが正しいってわけでもないんだ」

「また人間のルールとやらか。理解に苦しむ」

一度の戦争で負けたからといって国がすべての土地を譲り渡し、他の土地に流れるようなことはない。多少の領土の増減はあれど帝国はずっと隣に君臨しており、今後も縄張り的な課題は永続的に続いていくだろう。

「我らにかかれば肉片一つとして残すことなく片付けることは可能だぞ？　衣服や装備、人、馬車くらいであれば、影に仕舞っておくことができる」

「獣王国の内部で皇族が行方不明になること自体がマズいんだよ」

「フン、つまらん」

却下すると、コクロウが不服そうに喉を鳴らした。

「そんなわけで午後から帝国の使節団がくるけど、決して手を出さないように頼むよ？」

「……眷属たちにもそのように伝えておこう」

「もし、使節団が不穏な動きを見せたら俺かメルシアかレギナに報告してくれ。こっちから先に手を出すのは厳禁だ」

「……わかった」

何があっても決して攻撃をしないように、そう釘を刺すとコクロウは影に沈んで消えてしまった。

村内に散らばっているブラックウルフたちに伝達するのだろう。

●

大農園の従業員や販売所の従業員、警備をしてくれているコクロウたちへの伝達を終えると、俺は使節団との会談場所である集会所へとやってきた。

「メルシア、集会所の準備の方はどう？」

「お陰様で速やかに完了いたしました。中にはライオネル様が待機しており、獣王軍の兵士の方たちも配置についております。あとは使節団を待つのみです」

集会所の周りを見てみると、それとなく獣王軍の兵士たちが配備されている。

使節団の人たちを圧迫しないように最小限の人数に抑えているが、入口から裏口、窓、納屋に至るまでの経路をすべて固められている。

使節団が妙な行動を起こせば、すぐに屈強な兵士たちがなだれ込んでくることだろう。警備は万全だな。

「……イサギ君、どうしてうちの集会所が会談場所なのだ？　会談をするのであれば、広いイサギ君の家とか販売所などでもよかったのではないかね？」

幽鬼のような足取りでやってきて俺の肩を掴《つか》んでくるケルシー。

その顔色はすこぶる悪い。お偉い人たちの話し合いの場に選ばれてしまったプレッシャーのせいだろう。

「お気持ちはわかりますが、さすがになんの役職もない村人の家で行うのは不自然なので……」

「そうですよ、お父さん。それに私たちの家や販売所には機密情報がたくさんあるのです。帝国の使節団を招き入れるわけにはいきません」

俺たちの家は工房と直接繋《つな》がっているし、村でも販売していない魔道具やアイテムがたくさん保管されている上に設計図だって置かれている。そんなところに他国の人を入れるわけにはいかない。販売所には商人との取引きをするための応接室や、大部屋もあるが施設自体に人の出入りが多いし、そもそも会談をするには相応《ふさわ》しくない。

「それはそうかもしれないが、獣王様だけでなく他国の皇族を招き入れるなんて荷が重い。私は森に狩りにでも出かけていいだろうか？」

「会談には参加しないとはいえ、村の代表なのですからちゃんと家にいてください」

現実逃避しようとする父を容赦なくぶった切る娘。

気持ちはわかるけど、場を提供している村長がいないというのは体面が悪い。

気の毒だとは思うけど、大人しくお家にいてください。

「それではイサギ様、私たちも中に入りましょう」

「うん、そうだね」

こうして集会所の外で待っていても仕方がない。

俺とメルシアは集会所へと移動する。

いつもの集会所は地面にクッションを置き、その上に座り込むスタイルだが、本日は帝国からの使節団が来るからかカーペットが敷かれており、その上にイスやテーブルが設置されていた。その周りにはローテーブル、観葉植物などが置かれ、壁には絵画が飾られており、木彫りのアニマルヘッドがある。

ちょっと内装を変えるだけでここの集会所ってこんなにイメージが変わるんだ。

「イサギはこちらだ」

「あ、はい！」

中央のテーブルの左側にはライオネルが腰掛けており、俺は下座側へと座った。

しかし、メルシアは腰を下ろすことなく、ワゴンへと歩いていきお茶の用意をしてくれる。

メルシアも同席するが、基本的には給仕に徹するつもりのようだ。

まあ、使節団の皆さんにお茶の一つもお出ししないのも失礼だろうしね。

ケルシーやシエナにやらせるよりも帝城で働いていたメルシアにやってもらう方がいい。

「レギナ様は？」

「今、使節団の迎えに行かせている」

レディア砦の兵士たちがプルメニア村まで案内し、プルメニア村から集会所まではレギナが案内する流れになっているようだ。

使節団の代表に皇族がいる以上、こちらも出迎えをするには格が高いものでないといけないのだろう。さすがに一村民である俺たちが出迎えたとしても力不足だからね。

それにしても緊張するな。

お偉い人同士の話し合いに同席するなんて滅多にあることじゃない。

「お茶です」

「ありがとう、メルシア」

メルシアから差し出されたお茶を口にする。

「あっ、トウモロコシの味がする」

「トウモロコシの髭《ひげ》を煮出した、ひげ茶です」

トウモロコシの風味が口内に広がり、微《かす》かな苦みとスッキリとした味わいが突き抜ける。

ホッとする味わい。会談前の緊張がほぐれるようだ。

「基本的な交渉は我が行うつもりであるが、帝国側の意見に対して違和感があったり、我に理解できぬ部分があれば教えてくれると助かる。帝国について詳しいのはイサギとメルシアしかおらぬからな。頼りにしている」

「かしこまりました」

王族と皇族の話に俺が割り込めるかは不明だが、獣王国側が不利にならないように努めさせてもらおう。

「そして、俺にもひげ茶とやらをくれ」

「かしこまりました」

ライオネルの要求にメルシアがうやうやしく返事をする。

優雅に紅茶を飲んでいたライオネルだが、ひげ茶も飲みたくなったらしい。

そんな風に喉を潤しながら待機していると、集会所の扉がノックされた。

「陛下、レムルス帝国の使節団がいらっしゃいました」

「通せ」

「はっ」

レギナが扉を開けると、帝国の使節団が入ってくる。

先頭にいるのが使節団の代表であり、帝国の第三皇子である。

さらりとした長い本紫色の髪を腰まで伸ばしている。

一瞬、女性かと見間違ってしまうようなほどに端正な顔立ちだ。

長身ではあるが身体《からだ》つきは細く、幅はライオネルの半分もない。

しかし、身に纏《まと》う風格は立派な皇族のそれであり、堂々とした姿を見ると華奢《きゃしゃ》などという印象は抱かなかった。

「獣王国国王のライオネルだ。隣にいるのは娘であり、第一王女のレギナだ。遠方よりよくぞ来られた」

「レムルス帝国第三皇子ルドルフ＝アスタール＝レムルスにございます。この度は突然の来訪にもかかわらず我が使節団を受け入れて頂きありがとうございます」

「こちらが帝国に抗議の手紙を出したのは一月ほど前。ちょうど帝都の方に手紙が届いた頃合いだというのに随分とやってくるのが早いのだな？」

「私は公務によりポトシに滞在しており、撤退した貴族や兵士より大まかな経緯を聞くことができましたので。これ以上、他の皇子たちが暴走せぬように急いで参った次第です」

ポトシというのは、帝国の東にある街だ。

ルドルフの言うように帝都ではなく、そこに滞在していたのであれば、撤退した貴族や兵士から戦いについての情報をいち早く仕入れていてもおかしくはない。

「我が国としても帝国との交渉の窓口を閉ざすつもりはない。が、此度《こたび》の戦についてはこちらも腹に据えかねている。これからも窓口が開くかどうかはそちらの言い分次第になるが……」

「ええ、こちら側の経緯も含めてご説明いたしましょう」

ライオネルが促すと、ルドルフが対面のイスに腰掛けて話し合いが始まることになった。

3話　宮廷錬金術師は会談に同席する

「ほう？　つまり、此度の戦は皇帝の意思によるものではないと？」

「はい。第一皇子ウェイスをはじめとする派閥の暴走によるものです」

威圧の込められたライオネルの言葉にルドルフは涼しい表情で返した。

どうやらレムルス帝国の皇帝や上層部は、ウェイスたちがプルメニアへと侵略したことを把握しておらず、皇位継承権を盤石とするためにウェイスが戦功を欲して勝手に起こしたことのようだ。

何を調子のいいことを、というのがこちら側の総意なのだが、帝国側からすれば宣戦布告もないままに戦争をふっかけて敗戦するという控えめにいって恥ずかしい結果となってしまった。国の面子《めんつ》を保つためには、あくまで帝国はウェイス皇子を中心とした一部の派閥が勝手に仕掛けて負けただけという風にしたいらしい。

「レムルス帝国としては獣王国と戦争をするつもりはございません」

誰から見ても明らかな嘘であるが、ルドルフからそのように言われてしまえば、事を荒立てるのは難しくなる。

大飢饉によるダメージを考えると、ライオネルとしても帝国と全面戦争になるのは望ましくないからだ。

しかし、だからといってこのまま引き下がるわけにはいかない。何らかの形で落とし前をつけなければ獣王国が舐《な》められ、今後も同じようなことをされかねない。国家間の立ち位置において、面子というのは無視ができない要素だ。

「獣王国としてもレムルス帝国と戦争をするつもりはないが、落とし前はつけてもらいたい」

「そうですね。一部の者の暴走とはいえ、戦争を仕掛けておきながら釈明だけで済む話ではないですから」

ライオネルが鋭い視線を向けると、ルドルフは柔らかい笑みを浮かべて頷いた。

「賠償を求める前に尋ねておきたいのだが、ルドルフ皇子にはそれらを決めるほどの権限があるのか？」

「そちらについてはご安心ください。私は交渉事においては皇帝陛下から強い権限をいただいております」

ルドルフは傍に控える侍女に声をかけると、一枚の羊皮紙を持ってこさせて広げる。

それは国家間の交渉において、皇帝がルドルフを代理として認めていることを示す書類だった。

「その印が偽造でないかは元帝国宮廷錬金術師のイサギさんであれば、おわかりですよね？」

ライオネルが難しい顔をして書類を確認する中、ルドルフがにっこりとした笑みを浮かべてこちらに言ってくる。

まさか、急に話しかけられるとは思っていなかったので少し動揺したが、俺は慌てて平静を装って口を開く。

「どういうことだ、イサギ？」

「皇帝陛下の印は、私が錬金術で作ったものです」

「そうだったのか」

「皇帝陛下の印は、皇帝しか所有を許されていない特別な鉱石を使用し、それを宮廷錬金術師が加工して作り上げますから」

皇帝しか所有していない鉱石で加工して作り上げる以上、他のものが真似して作ることは不可能だ。

「……随分と皇帝からの信頼が厚いのだな」

「私は他の皇子に比べると武勇の才こそありませんが交渉を取りまとめるのは得意ですので」

となると、今回の交渉についての決定権がルドルフにはあるようだ。

「賠償について話し合う前に確認しておきたいのですが、ウェイスは無事なのでしょうか？」

「ウェイス皇子については丁重に保護させてもらっている」

「本来であれば、即座に首を刎《は》ねられていてもおかしくない所業を犯したというのにライオネル様の寛大なお心に感謝いたします」

「他にも大臣のガリウスをはじめとする帝国貴族を保護している。そちらのリストに名前を記しているので確認してくれ」

「ありがとうございます」

メルシアがスッとリストを差し出すと、ルドルフのお付きの文官と思われる男性がページをめくって確認していき、こくりと頷いた。

「こちらが行方不明と認定していた者たちと名前が一致いたしました。こちらのリストいない貴族につきましては――」

「戦争で亡くなったということだろう。放置すれば病魔が広がる故に、勝手ながらこちらの方で埋葬させてもらった」

「そうでしたか……」

戦争に参加していたすべての貴族が生還できたわけではない。恐らくは半数以上が亡くなったことだろう。

その中には俺が直接手をかけたものや、俺の魔道具によって亡くなった者がいるかもしれないが、それについては仕方がない。

「で、此度の戦の賠償として帝国はどれだけのものを支払う？」

「帝国の最東部に位置するマルカス領を譲渡することを提案いたします」

「……確か両国を隔てるオルギオ山脈を越えた先にある帝国の領土であったな？」

「その通りです」

戦争賠償として国が差し出す財産として、もっともわかりやすいのが土地だ。

土地が増えれば、わかりやすく国力は上昇する。

侵略され被害を被ったとしても、帝国側から土地をもぎ取れたというのであれば、そう悪くはない計算になるだろう。

もっとも俺は国の運営なんてしたことがないので、ライオネルが脳内でどのような思考を巡らせているのかはわからない。

「確かそこは人間族しか住んでいない領地だったはずだ」

「獣王国は獣人族しか受け入れないというわけではないですよね？」

意味ありげな視線をこちらに向けながら言うルドルフ。

プルメニア村には人間族である俺が住んでいる。ここで人間族だから受け入れないなどと言ってしまえば、ライオネルの意思に矛盾があることを指摘されるだろう。

「我が国は獣人族しか受け入れないわけではないが人間族だけしか住んでいない街を統治した経験がない」

ライオネルの言っていることは本当で、プルメニア村をはじめとする人間族の住まう国と隣接しているエリアには僅かながらも人間族が住んでいる。

しかし、その数は全体の一パーセントにも満たないほどだ。

「であれば、その初めての経験としていかがでしょう？　マルカス領は土地も広い上に自然も豊かで、獣人族の方が住まうのにも適した土地だと思います」

「イサギとメルシアの意見を聞きたいわ」

ルドルフがマルカス領を勧める中、ジッと見守っていたレギナが初めて口を開いた。

「そうだな。俺たちはマルカス領とやらを見たことがない」

「ルドルフ様のおっしゃる通り、確かにマルカス領は土地が広く、自然が豊かではありますが、その人口に対して食料生産が上回っているとは言い難いです」

帝国の皇子であるルドルフがいるので侮辱していると思われないように細心の注意を払って述べた。

マルカス領は確かに広い領地であるが、そこを統治していた辺境伯が大きな税を課しているために農民たちの生活はかなり疲弊気味である。

俺がメルシアに誘われて、初めてプルメニア村に訪れる際にも馬車で通ったが、民の生活はあまり豊かとはいえない。あれから時間が経過しているとはいえ、改善しているとは思えない。

「ふむ、ただでさえ不安要素が強い中、そのような土地を貰ったとしてもこちらの旨みにはならぬな」

「私も帝国の方を輸送する任に当たっていましたが、帝国の方は私たちに対してあまりいい感情を抱いておられないようですし」

レギナにしおらしく振る舞われるとすごく違和感がある。

突っ込みたい気持ちがあるけど、さすがに真面目な会談なので我慢。

獣人族を下に見る風潮が強い国の土地を貰っても獣王国としては負担にしかならない。

「我が国は国土も広く、恥ずかしいことにすべての土地を上手《うま》く統治できているとは言えない状況だ。現段階では新たなる土地は欲してはおらぬ」

「であれば、率直に尋ねさせていただきましょう。獣王国は今回の戦による賠償として何を望みますか？」

「レガラド鉱山の所有権と賠償金として金貨四千枚を要求する」

レガラド鉱山とは、帝国と獣王国を隔てるようにして連なる山脈にある鉱山だ。

そこには鉄鉱石、魔鉱石、宝石をはじめとする豊かな資源があるらしいが、両方の国をまたぐようにしてあるために所有権を争っていた鉱山らしい。

「こちら側としてレガラド鉱山を失うのは痛手ですが、今回の戦争について帝国側に大きく非があるのは事実です。受け入れましょう」

す、すごいな。鉱山一つと金貨四千枚の賠償をそんなあっさりと受け入れることができるのか。ライオネルとしても吹っ掛けたつもりだが、それが通ってしまったために驚いている。

これだけの資源と大金をポンと出せる辺り、改めてレムルス帝国は大国なのだと思わせられる。

「賠償についての話し合いはこんなものだな」

「ええ、次は戦後について話し合いましょう。こちらとしてはウェイス皇子をはじめとする保護されている帝国貴族の返還を求めます」

「我が国としても帝国と事を構えるつもりはないが、すぐにウェイス皇子とガリウスの身柄を返すことはできかねる」

過去に帝国は停戦協定を結んでおきながら、それを破って侵略し、国を滅ぼしたこともある。

そんな帝国の振る舞いを考えれば、完全に信用しろというのは無理な話だ。

ウェイスを返還してしまえば、これ幸いと帝国が侵略してくる可能性がある。

「これまでの帝国のしてきたことを考えると信用されないのも当然ですね。わかりました。二名の身柄はそのまま預かっていただいて結構ですので、彼ら以外の帝国貴族の返還を改めてお願いしたいです」

ルドルフもそれは想定内だったらしく、ウェイス皇子とガリウスを一時的な人質としておくことを了承。

「それならば問題ない。ミレーヌにて保護している帝国貴族三十四名を後ほどお返ししよう」

「ありがとうございます」

ライオネルが鷹揚《おうよう》に言い放つと、ルドルフは丁寧に頭を下げた。

4話　宮廷錬金術師はおそるおそる案内する

ライオネルとルドルフによる話し合いは、三時間ほど続いたのちに終了となった。

俺は意見を求めた時に軽く発言する程度だったけど、ドッと疲れた。

このような責任の重い仕事を当たり前のようにこなしている姿を見ると、素直に王族のすごさを思い知らされるものだ。

さて、ライオネルとルドルフの交渉の大枠は決まった。あとは細かいところを詰めるだけの作業。そちらに関しては俺やメルシアが助言できることは何もない。

あとはお偉い人同士に任せればいいだろう。

などと呑気《のんき》に思っていると、ライオネルに手招きをされた。

「イサギ、メルシア、ちょっといいか？」

これ以上の助言を求められると思っていなかった俺とメルシアは内心で首を傾げながらもライオネルの元へ寄る。

「なんでしょう？」

「実はルドルフ殿下が大農園を見学したいと言っていてな」

「え？　うちの農園を見学ですか？」

「ああ、なんでも錬金術を活用し、食料生産をしているイサギの大農園に非常に興味があるようだ」

純粋な好奇心だけでなく、戦の原因となったものを目にしておきたい気持ちはわからなくもない。ルドルフには皇帝に詳細な説明をする義務があるわけだしな。

ただ帝国は敵国だ。ルドルフの態度からして和解する余地があるのかもしれないが、迂闊《うかつ》に入れていい場所ではない。

「帝国に見られて困るものはないか？　その辺りが気になるのであれば、俺は突っぱねるつもりだ」

とはいえ、和解を進めている相手にまったく歩み寄りを見せないというのもマズいのだろう。

「少人数で見学する程度であれば問題ないかと」

「うん、そうだね」

莫大《ばくだい》なデータや魔道具の設計図が保管されている俺の工房や、地下の実験農場に案内するのは論外だけど、大農園を見学してもらう分には問題ない。

仮に使節団の中に宮廷錬金術師がいたとしても、ちょっと見ただけじゃ大農園の技術を盗み取れるものはない。そう言い切れる。

軍用魔道具の設計や、魔道具のデザイン、ポーションの生成などについては劣る部分もあるかもしれないが、農作物の品種改良については誰にも負けない自信があるからね。

「わかった。ならば、そのように伝えよう」

そんなわけでルドルフに大農園を案内することになった俺たちは集会所を出て、大農園へと向かうことになった。

大農園を案内するのは俺とメルシアで、ライオネルとレギナも同席してくれるらしい。

正直、平民である俺たちだけでは荷が重いのでとても助かる。

「ここが大農園……ッ！　なんと豊かな種類の作物が実っているのでしょう！」

大農園に入るなり、ルドルフが感嘆の声を漏らした。

交渉中は非常に落ち着いた態度をしていたルドルフであるが、広大な大農園の光景にはさすがに驚いているようだ。

そんな彼の後ろでは金髪の女騎士が油断なく視線を走らせている。

彼女はルドルフが連れてきたたった一人の護衛だ。

てっきり会談に同席していた女性文官がくるのかと思っていたが、こちらの要望である最小限の人数という条件を呑《の》んでくれたのだろう。

大農園はあくまで作物を作る場所であって、他国の皇族を招けるような設計にはしていない。

大農園をあまりおおっぴらに見せたくないのもあるし、大人数で歩いて溝に足を取られて怪我をされても責任が取れないからね。

「今見えている光景が大農園のすべてではありませんよね？」

「はい。今見えているのは主に春と夏の野菜畑で、奥には秋、冬に旬を迎える野菜があり、その奥には山菜や薬草類を栽培しており、さらに奥には小麦畑やトウモロコシ畑、果物などが栽培されています」

細かく説明するつもりはないが、ルドルフの問いにまったく答えないのも失礼だ。

言っても問題ない範囲で説明をする。

「素晴らしい！　これだけの作物を育てられるとは、この村は元から肥沃な土地だったのでしょうか？」

「いえ、プルメニア村は決して肥沃な土地ではありません。むしろ、土がやせ細っているせいでまともな作物を育てられない場所でした」

「そんな土地にもかかわらず、ここまでの大農園にしたというのですか？」

「はい。すべてはイサギ様のお陰です」

ルドルフの問いにメルシアが誇らしそうに答える。

皇族相手にも臆することなく受け答えできるのがシンプルにすごいけど、さすがに俺一人でとは口が裂けても言えない。

「基本となる種や肥料などを作ったのは私ですが、これだけの規模で栽培できるのはプルメニア村の皆さんや従業員の協力があってこそです」

「……そうでしたか」

通常、よそからやってきた人間がこんな規模の大農園を作る許可なんて下りるわけがない。

メルシアが村長であるケルシーを説得してくれたお陰で小さなエリアで栽培することができ、その成果を認めてもらって徐々に農園を広げていくことができた。

きちんと結果を出し続けたこともあるが、ここまでスムーズにいったのはメルシアが村人にしっかりと根回ししてくれたからだということを俺は知っている。

さらに広い農園ができても、それを手伝ってくれる人がいなければどうしようもない。

ここが大農園になったのは俺だけではなく、皆がいてくれたお陰でだ。

決して一人だけの力ではない。

「あっ、ライオネル様とレギナ様と――誰？」

大農園の成り立ちを説明していると、トマト畑で収穫作業をしているネーアがいた。

ここにライオネルやレギナがやってくるのはいつものこと。今ではすっかり気安い関係となっているためいつものように声をかけてきたネーアであるが、ルドルフを目にして固まった。

見学が決まったのが急だったのでルドルフがやってくることを従業員たちに説明できていなかったんだよね。

「はじめまして、帝国より使節団の代表としてやってまいりました、第三皇子ルドルフ＝アスタール＝レムルスです。イサギさんに許可をいただき、大農園を見学させてもらっています」

「え、あ、え？　帝国の皇子様？　あ、あの、よければトマトをどうぞ！」

「ありがとうございます」

緊張のあまりネーアはなんと第三皇子であるルドルフに籠に入っていたトマトを差し出した。

パニックになっているようだが、ちゃんと追熟されているものを差し出しているので冷静なようにも思える。

「イサギさんの大農園で作られた作物は、世に流通しているものよりも美味《おい》しいと耳にしております。実はどのようにして食べさせてもらおうかと思っていたんですよ」

「お待ちください、ルドルフ殿下。それを口にされるのは護衛として見過ごせません」

トマトを手にして嬉しそうな表情を浮かべるルドルフであるが、護衛がそれに待ったをかけた。

「……それは大農園を案内してくださったイサギさんたちに失礼ですよ」

「私は殿下の護衛です。殿下にかかる万難を排する義務があります」

ルドルフは帝国の第三皇子。皇位継承権も高く、次期皇帝になる確率も高いので命を狙われる立場だ。うちの大農園で作った作物に毒を入れたと思われるなんて不愉快だけど、護衛の主張も間違ってはいない。

「ならば、俺もいただくとしよう」

「あたしも！」

ここで険悪な空気になるのを嫌ってかライオネルとレギナがネーアの手にしている籠からト

マトを掴んだ。

「うむ、ここのトマトはいつも美味《うま》いな！」

「ここの作物は何度も食べてるけど、やっぱり穫れたてが一番美味しいわ！」

収穫した作物はできるだけ素早く出荷されるが、どうしても時間経過による鮮度の劣化は免れない。

最高の鮮度で味わうのであれば、大農園内で味わうのが一番だ。

って、二人とももう三個目に手を伸ばしている。

ルドルフのために毒見をしたんじゃなく、ただ食べたかっただけなんじゃないだろうか。

そんな疑いを向けたくなるほどの食べっぷりだ。

「お二人のご厚意に感謝いたします。これでいいですね？」

「……どうぞ」

獣王と第一王女である二人が先に食べてしまえば、安全であることの何よりの証明となる。

これにはルドルフの護衛も口出しはできず、肯定するように頷いた。

「――ッ!?　なんと瑞々《みずみず》しい甘みでしょう！　トマト本来の濃厚な甘みが口の中で弾け、それでいて絶妙な酸味が広がります！」

トマトを口にしたルドルフが大きく目を見開いた。

これまでの彼の驚きの反応はどこか作られた印象であったが、トマトを口にした時の衝撃は

彼の素の感情を強く感じ取ることができた。

それだけ大農園のトマトの美味しさに驚いたということだろう。

「皇族として生まれ、それなりのものを食べてきたつもりでしたが、ここまで美味しいトマトは初めて口にしました」

そんなルドルフの台詞に俺とメルシアは誇らしい気持ちとなった。

「お褒めに預かり光栄です。大農園では成長速度や病害への耐性だけでなく、しっかりと味も追求していますので」

俺たちはただ飢えを満たすために作物を大量生産しているのではない。食べた人が笑顔となり、明日へと生きていくための活力になるものを作っているのだ。

「なるほど。ウェイスが躍起になってここを手に入れようとした気持ちがわかりました。イサギさんの力によって、プルメニア村が変貌し、獣王国を支える食料生産地になっているのを見ると、ウェイスが当初提案していた国政は悪くなかったのかもしれません」

「ウェイス様の提案していた国政ですか？」

「はい。当初のウェイスはイサギさんの錬金術による食料生産を核とした、食料自給率の増大を考えていました」

「そうだったのですね」

「しかし、ウェイスはイサギさんから目を離しすぎていた。結果としてイサギさんは帝国を出ていってしまい、このような悲劇が起きてしまった。もし、ウェイスがもう少しイサギさんを見ていれば、あるいは私がもう少し状況を把握できていれば、イサギさんの手によって帝国の食料事情が改善できていたという『未来』があったのかもしれません」

俺の耳にはまったくそんな情報は入っていなかったし、ウェイスが気にかけてくれているのは知っていたがそこまで重視してくれているとは思ってもいなかった。

ルドルフの言う通り、もう少し歯車が噛み合っていれば、俺がメルシアと共に帝国で食料事情の改善に努めていた未来があったのかもしれない。

「イサギさん、帝国に戻るつもりはありませんか？」

「ッ⁉」

ルドルフの予想外の言葉に俺は驚く。

「戻ってきてくださるのであれば、イサギさんを私直属の宮廷錬金術師長に任命したいと思います。さらに私の名において生活を不自由させないことを約束いたしますし、助手であるメルシアさんの立場も保障します」

彼は帝国の皇族の中では非常に珍しく温厚で、会談での話し合いを聞いている限りでは国民の食料事情に対して真剣に考えている様子だった。

こちらを見つめる眼差《まなざ》しから伊達《だて》や酔狂で誘いの声をかけているのではないことはすぐにわかる。

錬金術師長ともなれば、宮廷錬金術師たちを指揮できる立場。

前回は錬金術師課長であるガリウスがいたが、ルドルフ直属ともなると実質的な上司はほぼいないといっていい。頭に王族がいれば、いくら貴族の多い宮廷錬金術師たちも表立って歯向かうことはできない。

さらに帝国において地位の低い獣人の立場まで保障し、メルシアも傍につけてくれるというのだから破格の待遇だった。

ルドルフの勧誘に驚いていると、不意に右手の裾がギュッと掴まれた。

「あっ、すみません」

視線をやると、メルシアが慌てて手を離す。

どうやら無意識の行動だったらしい。

すぐに返答しなかったせいで不安にさせてしまっただろうか。

既に俺の意思は決まっている。

「申し訳ありませんが、今の俺の居場所はここなのでルドルフ殿下のお誘いに乗ることはできません」

「イサギ様……ッ！」

どうするか迷っていた俺を誘ってくれたのはメルシアであり、人間族にもかかわらず俺を受け入れ、大農園を作り上げるのに協力してくれたのはプルメニア村の人々だ。

皆の想いを裏切るような真似はしたくない。

「俺はもう獣王国の一員として、プルメニア村の一員として生きていくと決めているので」

「……そうですか。残念です」

だからどれだけ破格の条件を積まれたとしても俺は帝国に戻るつもりはない。

「では、イサギさん。こちらの大農園の作物を帝国に売っていただくことは可能でしょうか？」

ルドルフはすんなりと引き下がったが、今度はあっさりと別の用件を切り出してくる。

さすがは交渉が得意というだけあって、ちょっとやそっとのことでは折れない。

「無理矢理奪おうとした土地から作物を購入したいとは、随分と虫のいい話ではないか？」

ジーッと俺たちの話を見守っていたライオネルだが、遂に口を挟んできた。

獣王国内に売るならともかく、帝国に売るのであれば俺たちだけの一存では決めかねる。

「わかっていますが、大飢饉のせいで帝国には余裕がないのです。国内の食料が足りなければ、また侵略して奪えばいいなどといった安易な方針に上は傾きかねません」

先日の大飢饉では獣王国だけでなく、帝国も大きな被害を受けていると聞いた。

帝国だってどうにか食料問題を解決したいと考えているはずだ。

「そちらの言い分もわからなくもないが、だからといってまかり通る問題でもあるまい？」

そもそも食料問題を放置していた帝国が悪いのだ。

食料が足りないから戦争を吹っ掛けるぞなんていうのは脅迫でしかない。

「少し時間をいただけるのでしたら、私が帝国内を変えてみせます。そのための時間が欲しいのです。作物の買い取りは、そちらの定めた四倍というのはいかがでしょう？」

「よ、四倍⁉」

こちらで販売している価格の四倍ともなれば、とんでもない利益額になる。

敵国に塩を送るような真似とはいえ、こちらにとっても旨みが十分にあると言えるだろう。

「ふむ、それであれば許してやらんこともないな。イサギはどうだ？」

「私としても反対の気持ちはありません」

「感謝いたします」

ライオネルが固めた方針に俺が反対する理由はない。

これでルドルフに大きな貸しを作ったということになるだろう。

敵国とはいえ、元は故郷でもあった国だ。

できれば、帝国の人たちも幸せになってほしいものだ。

5話　宮廷錬金術師は注意される

ルドルフの求めてきた量の作物をマジックバッグに詰めて売却すると、使節団はプルメニア村を去った。

きっと取りまとめた契約を元にこれからの方針について皇帝と話し合うことがたくさんあるのだろう。

帝国内における彼の権限がどれだけあるかはわからないが、戦争なんてものはもう懲り懲りなので平和な方針に固まってほしいものだ。

「帝国の皇子にしては話のわかる人だったね」

帝国の皇族はどの人もおっかないイメージだが、それに比べるとルドルフはとても温厚だった。皇子にしては妙に腰が低く、こちらを見下している様子もなかったので非常に話しやすい人だった。

「だが、腰が低い割には要求してくる内容は図太いものであったぞ？」

「それに賠償で自国の厄介そうな領地を押し付けようとしていたわよね？」

「マスカル領は悪徳貴族の圧政によって領内がごたついていますからね。レガラド鉱山を貰って正解だと思います」

メルシアの意見には俺も同意だ。

俺たちの力があれば、マスカル領で苦しんでいる人も助けることはできるかもしれないけど、帝国はまだ仮想敵国な上に、広げられる腕には限界がある。

本音を言えば、マスカル領の人たちも助けてあげたい。

悪いのは統治している皇族と腐敗している貴族だ。そこに住んでいる領民は悪くない。

しかし、だからといって無作為に手を伸ばすことを現状が許してくれない。

「イサギたちを同席させて正解だったな。危うく面倒な領地を抱え込む羽目になるところであった」

腰は低いもののさすがは帝国の第三皇子といったところであろう。

帝国として最大限の利益にできるように動いていた。

「話しやすいからといって気安く接していれば、思わぬタイミングで足元をすくわれることになるかもしれません。特にイサギ様は注意してくださいね？」

メルシアから念を押すように視線を向けられて、俺は思わずたじろいだ。

「ええ、俺？　そんなに警戒心が低かったかな？」

「いつものイサギ様に比べると、かなり警戒心が低かったです。帝国の皇族にしては話がわかる人だったので無意識に好感を抱いていませんでしたか？」

「確かにそう言われるとそうかもしれない」

帝国で酷い扱いを受け続けていたせいで皇族なのに横暴ではなく、人当たりがいいルドルフにどこかいい印象を抱いていたかもしれない。

「そのようなチョロい態度を見せるからルドルフが調子に乗ってあのような勧誘をしてくるのだぞ！」

チョロいとは失礼な！　とは思ったもののあんな仕打ちを受けて、宮廷錬金術師を解雇されておきながら皇族にいい印象を持ってしまうなんて俺は確かにチョロいのかもしれない。

ライオネルの物言いに何も反論できない。

「そうですよ。次からはあんなことを言われないように気を付けてください」

「はい……というか、二人とも妙にルドルフ様への当たりが強いね？」

「イサギはもうプルメニア村の一員だから、獣王国の立派な民よ？　そんな大事な仲間を目の前で勧誘されたらいい気分にならないわ」

「な、なるほど……」

レギナは腕を組んで憤慨の気持ちを露《あら》わにしていた。

つまり、それは俺を気に入ってくれていることの裏返しでもあって、嬉しいような恥ずかしいような気分であった。

「さて、俺はミレーヌの監獄に収容していた帝国貴族たちを返還してやらなければいけない。しばらく俺はプルメニア村を離れることになるが、レギナはそのままレディア砦に残り、帝国の動きを警戒しながら訓練に励んでくれ」

「わかったわ！」

ルドルフが交渉をまとめてくれたとはいえ、また帝国の一部の者たちが暴走して戦争を仕掛けてこないとは限らない。

ウェイスとガリウスが人質としているので確率は低いだろうが、何が起こるかわからないので警戒を緩めるわけにはいかない。

「そして、イサギには頼みたいことがある」

「なんでしょうか？」

「今回の話し合いで所有権を手に入れたレガラド鉱山の調査を頼みたい。鉱山内がどのような状況になっているのか確認し、可能であればどのような種類の鉱石が発掘できるのか調べてほしい」

レガラド鉱山では過去に魔鉱石、鉄鉱石、宝石などが産出された記録があるが、帝国と所有権を巡って争いになってしまったのでそれ以降の採掘はされておらず、詳しく産出されるものはわからない。

安全確認も兼ねて、それを調べてきてほしいということだろう。

「先日の戦によって多くの鉱石類を消費してしまった。可能であれば、早めに採掘ができるように整えたい」

「レガラド鉱山で採掘ができるようになった暁には、できれば私共の工房に鉱石類を回してもらえないでしょうか？」

即座に頷きそうになったところでメルシアが口を開いた。

そうだ。俺は仮にも工房長なのであまり安請け合いをするのはよくない。

「ああ、もちろんだ」

「ありがとうございます」

ライオネルが苦笑しながら頷くと、メルシアは頭を下げた。

「戦力については問題ないか？　獣王軍から何名かを派遣することも可能だが……」

「それならあたしが行きたい！」

「お前にはレディア砦の指揮と兵士の訓練を任せると言ったはずだぞ？」

元気よく手を挙げるレギナを見て、ライオネルが半目を向ける。

「砦で兵士たちに訓練をするくらいならあたしがいる必要はそこまでないわよ。レガラド鉱山って長い間誰も入っていなかったし、絶対に魔物が多いわ」

ライオネルが「お前たちも何とか言ってやってくれ」というような視線を向けてき、レギナが「戦力は少しでも多い方がいいわよね？」と言わんばかりの視線を向けてくる。

……圧がすごい。どちらに味方をしても角が立ちそうだ。

「イサギ様の身の安全を考えますと、レギナ様がいらっしゃる方が私としては助かります」

どうするべきか迷っていると、メルシアがきっぱりと告げた。

前回、採掘に向かった時も戦闘力のあるキーガスとティーゼを連れていたお陰で随分と楽そうだったもんね。

やはり、メルシアとしてはできるだけ俺の傍を離れたくないという思いがあるらしい。

「ほら！」

「ちっ……その前にレディア砦に顔を出しておけよ」

「ええ、わかってる」

メルシアのあと押しがあったとはいえ、娘であるレギナのお願いにはライオネルも弱いようだ。

二人の微笑《ほほえ》ましいやり取りを見て、俺とメルシアの頬が思わず緩む。

「そんなわけであたしも鉱山の調査に行くからよろしくね！」

「レギナがきてくれるなら助かるよ」

獣王軍の兵士がきてくれるのも頼もしいけど、やっぱり背中を預けるなら何度も一緒に戦った経験のあるレギナが一番だ。

「調査にはいつ向かう？」

「できるだけ早い方がいいだろうし、明日の朝には出発しようかなと」

もう直に日が暮れるだろうし、何より今日は色々な出来事がありすぎた。

体力的にはそこまでだが、精神的な疲労が強いので今日はゆっくりと休みたい。

「わかった！　あたしは砦に戻るから明日の朝に大農園の前に集合ね！」

予定を告げると、レギナはゴーレム馬へと跨《また》がって走り去っていった。

「では、今日のところは解散だ。レガラド鉱山の報告を楽しみにしている」

「任せてください」

ライオネルは満足そうに頷くと、マントを翻《ひるがえ》して獣王軍のところへ戻っていった。

「私たちもおうちに戻りましょう」

「そうだね」

俺たちは家に帰ると、レガラド鉱山の調査に備えて早めに就寝するのであった。

6話　宮廷錬金術師はレガラド鉱山に向かう

「レガラド鉱山に向かう面子だけど三人で大丈夫かな？」

翌朝。朝食である蒸し野菜を口にしながら俺はメルシアに尋ねた。

プルメニア村の鉱山であれば勝手もわかるが、入ったことのない鉱山となると少し不安だ。

「場所のせいで帝国も獣王国もほとんど手を付けていませんからね。中は魔物で溢れかえっている可能性もありますね」

「だとするともう少し戦力が欲しいね。声をかけるとしたらキーガスとティーゼかな？」

ぞろぞろと大人数で入るには地形的に向いていないし、調査に向かうのであれば五人くらいがちょうどよさそうだ。

「ですね。私の方から声をかけておきます」

連れていく人員を決めるとメルシアは食器を片付け始める。

おかしい。俺の方が先に食べ始めたんだけどな。

「洗い物は俺がやっておくよ」

「ありがとうございます。では、私はお二人を誘ってきます」

メルシアには農園の作業調整もあるだろうし、誘うのであれば早い方がいい。

彼女が家を出ていってほどなくすると、俺も朝食を食べ終わったので食器を片付ける。

台所で二人分の食器を洗うと、錬金術でお皿を乾燥させて、食器棚へと収納。

工房に移動するとマジックバッグに入っている採掘道具や魔道具などを点検。ポーション類に漏れがないか期限切れになっていないかなどを確認する。

そうやってマジックバッグの中身を念入りに確認していると工房の扉がノックされた。

「イサギ様、準備が整いました」

「わかった。すぐ行くよ」

俺は広げていた物をマジックバッグに詰めると、すぐに工房の外に出る。

「よう、イサギ！　遅いじゃねえか！」

「おはようございます、イサギさん」

「二人とも忙しい中、協力してくれてありがとう」

「気にすんな。たまには身体を動かさねえと鈍っちまうからよ」

「イサギ様に作ってもらった弓の性能を確かめるいい機会ですから気にしないでください」

ほぼ毎日大農園で働いているのにもかかわらず、二人はこういった腕っぷしが必要な仕事に快く手を貸してくれる。本当に頼もしい限りだ。

「あとはレギナだけど……」

「噂をすれば、いらっしゃったみたいです」

メルシアの視線の先を見ると、猛然とした勢いでこちらにやってくるゴーレム馬がいた。

その進路の先には大農園を囲う柵があるのだが、レギナは巧みにゴーレム馬を操作して飛び越えて着地した。

「おはよう！　既に面子は揃《そろ》っているみたいね！」

「未知の鉱山ということもあり、人員を手配しましたが問題ないでしょうか？」

「ええ、キーガスとティーゼも来てくれるなら頼もしい限りだわ」

当日の報告という形になってしまったがレギナは特に気分を害した様子はない。

ラオス砂漠でキングデザートワームを討伐したメンバーだ。背中を預けるのに不足はない。

「この辺りの土地にはまだ詳しくねえんだが、レガラド鉱山ってところはどこなんだ？」

キーガスが尋ねると、メルシアが懐《ふところ》から地図を取り出して広げてくれた。

「プルメニア村から北西へと向かった先にあります。ゴーレム馬で二時間ほど進み、麓《ふもと》から入口まで登るのにおよそ徒歩で二時間といったものでしょうか」

「結構遠いんだな」

村の傍にある鉱山と違い、レガラド鉱山は国境といえる場所に位置する。

どうしてもプルメニア村から離れているのは仕方がない。

「麓まで到着すれば私が皆さんをお運びいたしますよ」

「そうしてもらえると助かるわ！」

「ティーゼさんのお力を借りられるのであれば、登頂にかかる時間は半分以下で済みそうです」

俺の作ったバスケットに乗り込み、空を飛べるティーゼに運んでもらえば、傾斜や悪路といった障害を一気に抜けることができる。疲労することなく現場までたどり着けるので非常に嬉しい。

「とりあえず麓までゴーレム馬で進もうか！」

俺がマジックバッグから追加で四台のゴーレム馬を取り出すと、レギナ以外のメンバーが手慣れた様子で跨がってみせる。

「出発！」

レギナが威勢のいい声をあげてゴーレム馬を走らせた。

俺、メルシア、キーガス、ティーゼといった順番で、レギナのあとに続いて走らせる。

「キーガスとティーゼもゴーレム馬に乗るのに慣れたみたいだね」

キーガスとティーゼはゴーレム馬の簡単な操作こそできていたが、繊細な操作は苦手としていた。整備された道ではなく、村内の細い道や起伏の激しい道にも対応し、ピッタリとついてきている。

「さすがに毎日仕事で使っていれば慣れるぜ」

「ですが、細かい動きに慣れるのに苦労しましたが……」

キーガスは誇らしげに語り、ティーゼはどこか照れくさそうに笑った。

ラオス砂漠にも騎乗動物こそ存在するが、馬はいない。

そんな中でよくここまで上達したものだ。

「この様子ならもっと飛ばしてもいいかしら？」

「おう！　望むところだ！」

「頑張ってついていきますよ！」

プルメニア村を出た瞬間、レギナがハンドルをさらに回転させる。

俺とメルシアは顔を見合わせて苦笑すると、三人に合わせる形で速度を上げるのだった。

●

「ふう、北西の森の麓までたどり着いたわね」

プルメニア村から出立して一時間半。競うようにして進んだためにメルシアの予測よりも三十分ほど早く到着することができた。

「あれ？　キーガスとティーゼは？」

「少し遅れているよ」

残念ながらキーガスとティーゼはレギナの速度についていくことができず、距離が離れていた。

ゴーレム馬をマジックバッグに回収し、魔力回路に異常がないか確認しながら休憩していると五分ほど遅れて二人がやってきた。

「遅いわよ、二人とも！」

「こっちはまだ森を歩き慣れてすらいねえんだ。少しは気を遣いやがれ！」

「村の外を走らせるとなると、やはり勝手が違いますね……」

ゴーレム馬の操縦に慣れ始めた二人でも、速さを維持しながら悪路を駆け抜けるのはまだ困難のようだ。

「にしても、メルシアはともかく、どちらかというと鈍くさいイサギがこんなにも操縦が上手いのが不思議だぜ」

キーガスがまじまじとこちらを見つめながら割と失礼なことを言ってくる。

「一応、魔道具の製作者だからね。それに慣れもあるから」

俺も操縦が上手い方ではなかったが、獣王都からフルスロットルで帰還した経験や、戦場を命懸けで駆け回った経験があるからね。

レギナやメルシアのような曲芸じみた操縦はできないが、かなり上手くなっているという自負がある。

「ここからは私がお運びしますね」

キーガスとティーゼのゴーレム馬を回収したところでティーゼが翼を広げながら言う。

マジックバッグからバスケットを取り出すと、俺、レギナ、キーガスが乗り込んだ。

ティーゼの足に縄を結び付けると、最後にメルシアも乗り込んだ。

「軽くするために荷物は一時的に俺が保管しておくよ」

「それがいいわね」

「ご配慮ありがとうございます」

四人を一度に持ち運べる体力があるとはいえ、軽い方がティーゼの負担も小さくていいだろう。

「では、出発いたします！」

レギナの大剣とキーガスのトマホークをマジックバッグへと収納すると、ティーゼが極彩色の翼をはためかせた。

すると、俺たちの乗っているバスケットが宙へ上がっていく。

下を見てみると、先ほどまで俺たちのいた麓がドンドンと小さくなっていた。

「砂漠の空を飛ぶのも快適だけど、緑の中を飛ぶのも気持ちがいいわね！」

「うん、いい眺めだね」

雄大な砂漠を眺めながら飛ぶのもよかったが、緑溢れる大自然の中を飛ぶのも非常に心地がいい。

メルシアもはしゃぎ声こそあげないものの目をキラキラと輝かせていた。

「……お前らよく正気でいられるな」

俺たち三人が空の景色を堪能する中、縮こまっているのはキーガスだ。

「キーガスはまだ空を移動するのが苦手なのかい？」

「ああ、この浮遊感がどうにも苦手だぜ。それに他人に命を握られてると思うとどうもなぁ……」

「そんなに不安でしたらお一人で地面を進んでもらってもいいんですよ？」

売り言葉に買い言葉というやつか、キーガスとティーゼが視線で火花を散らす。

赤牛族と彩鳥族は今でこそ友好的な関係であるが、やはり過去に衝突していたこともあって完全に仲良しとはいかないようだ。

「レギナ様、さすがに少し身を乗り出しすぎではないです？」

「だってこうしないと下がよく見えないもの」

メルシアの注意の言葉に振り返ると、レギナがバスケットの縁にかなり身を乗り出していた。

彼女のお尻がこちらに突き出され、ホットパンツから伸びる健康的な足が惜しげもなく晒《さら》されている。

そういった女性的な部位も気になるが、一番に気になるのが彼女の尻尾だ。

ホットパンツから出ている細長い尻尾はどのようになっているのだろう。

尾てい骨の辺りから伸びており、ホットパンツに穴を空けているのだろうか？　それともパンツの中に収納しており、リラックスする時はずらして尻尾から出すのだろうか？

「……イサギ様？」

レギナの尻尾が気になってまじまじと観察していると、メルシアが低い声を出して俺の頬をつねってくる。

「いたたた！　違うよ！　そういうところを見てたんじゃなくて尻尾の構造が気になって観察してただけだよ！」

「いや、そっちの方がやべえだろ」

「ええ!?　そうなの!?」

キーガスのドン引きといった表情と頬をむくれさせたメルシアの反応からして、獣人にとっては異性のお尻を凝視することよりも、尻尾を凝視することの方がダメなようだ。

獣人の価値観がわからない。

「ごめん、レギナ。どうやら俺はぶしつけな視線を向けていたみたいだ」

「あたしは気にしないけど、それを見た周りの人たちがどういう評価をするかは気にした方がいいかもしれないわね。獣人の一般論だと恋人がいるのに他の女性の尻尾に見惚《みと》れるなんてことは絶対にダメだから」

「そ、そうなんだ。肝に銘じておくよ」

人間で例えると、隣に恋人がいながら道を歩いている別の女性に見惚れるようなものと同じなのかもしれない。

「メルシアもごめんよ」

「悪気がないことはわかっているので許して差し上げます」

素直に謝罪をすると、メルシアは頬から手を離した。

しばらくは右側の頬の歪《ゆが》みが取れなかった。

7話　宮廷錬金術師はレガラド鉱山に入る

二十分ほどバスケットで飛行して進んでいくと、俺たちはレガラド鉱山へたどり着いた。

ティーゼが翼をはためかせて、入口近くの平地へと着地させてくれた。

俺たちはすぐにバスケットから降りる。

バスケットとティーゼを繋いでいたロープをメルシアとレギナが外すと、マジックバッグへと収納してしまう。そのついでに俺はレギナとキーガスに武器を返却した。

「ティーゼさん、お身体の調子はいかがでしょうか？」

「疲労はまったくありません。すぐにでも調査に行けますよ。大農園の作物を口にするようになって非常に体調がいいんです」

メルシアが心配げな声をかけるが、ティーゼに疲労感はまったくないようだ。

「プルメニア村の大農園の作物には身体能力を上昇させる効果もあるんですよ」

「そんな効果まであるのですね！」

「マジかよ！　道理でこっちに来てから身体の調子がいいわけだぜ！」

メルシアの解説にティーゼだけでなく、キーガスも驚きの声を上げていた。

「二人の場合は不足していた栄養が摂取されて、肉体全体のパフォーマンスが上がっているのもあると思うよ」

力強い肉体を構成するには一部の食材だけでなく、様々なものを口にして栄養を取り入れる必要があるが、ラオス砂漠という過酷な環境ではそれらを摂取することは難しいからね。

極限まで水分を絞り、食材が少ないラオス砂漠であれだけのパフォーマンスができていたことが俺としては驚きだ。

「健康的な肉体を維持するにはどのようなものを食べればいいのでしょう？」

「その辺りについては、また村に帰った時にでも説明するよ」

さすがに栄養についての解説となると、小休止の時間ではとてもじゃないけど足りないからね。

「ありがとうございます。その時を楽しみにしています」

「イサギたちと一緒にいると学ぶことだらけだぜ」

そう言ってもらえると、こちらも教え甲斐《がい》があるというものだ。

ここに滞在している間に有益な情報を少しでも学び取ってもらえれば幸いだ。

「さて、鉱山に入りましょうか！」

「そうだね」

雑談をしながら小休止をしたところで俺たちはレガラド鉱山へと入ることにする。

「灯《あか》りをつけましょうか？」

「いや、今回は光魔法を飛ばすことにするよ」

俺は光魔法を発動させると、光球を生成して坑道内を明るく照らした。

「魔道具の方が魔力を温存できますよ？」

「大丈夫。戦争のお陰で魔力もかなり増えたから」

魔力を温存しておくに越したことはないが、この程度の魔力消費であればほぼ支障は出ないといっていい。

「ええ⁉　ただでさえデタラメな魔力量だったのにさらに増えたの⁉」

「魔力を増やすコツなどはあるのでしょうか？」

「魔力回復ポーションを服用しながらたった一人でレディア砦を建設して強化。何度も魔力欠乏症になりながらも武装ゴーレムと軍事用魔道具、ポーションなんかを大量生産すれば増えるよ」

「「「…………」」」

魔力量が増えた経緯を説明すると、レギナ、ティーゼ、キーガスがドン引きしたような顔になった。

そりゃ、そうだ。魔力欠乏は最悪の場合は命を落とすことにもなりかねないからね。

「あの時は仕方がなかったとはいえ、文字通り命を削る行いですよ。もう二度とあんなことはしないでくださいね、イサギ様」

「うん、さすがにもう俺もしたくはないかな」

あの死にたくなるような吐き気、頭痛、酩酊《めいてい》感などは何度味わっても慣れるものではない。

「さて、坑道内の状態を確かめるよ」

天井や壁、地面の強度を確かめておかないと生き埋めになる可能性が高いからね。

坑道の壁に手を触れると、俺は錬金術を発動。

魔力を流して鉱山全体の情報を読み取っていく。

情報を読み取り終わると、メルシアがスッと紙とペンを差し出してくれた。

俺はそれらを受け取ると、真っ白な紙にレガラド鉱山の内部の情報を記す。

「こんな感じだね」

やがて大まかな地図を作製すると、四人が覗《のぞ》き込んでくる。

「採掘が途中で止まったせいか、そこまで複雑な構造にはなっていないみたい」

「ですが、途切れた坑道を見る限りでは結構な深さがありそうですね」

坑道の続き方から予測するに地図の途切れた先にも広がっている気がする。

「うん、俺もそれが気になっているんだ」

ライオネルによると過去に採掘されていた期間はたったの四か月。

しかし、鉱山内部に広がっている坑道の広さは、四か月で掘り進められるとは思えないほどの広さだった。

「イサギ様のように錬金術を使われたのか、あるいは穴を掘削するのに特化した種族が従事していたのでしょうか？」

「それならありえなくもないね」

獣人族は魔力が少ない傾向にあるので俺のように錬金術で掘削するのは難しい。

多分、後者の線が濃厚そうな気がする。

「とりあえずは想像よりも広いから気をつけろってことね？」

「うん、内部の状態はずっといいから進んでも問題はないよ」

こくりと頷くと、レギナを先頭に俺たちは坑道へと入った。

●

光球で先を照らしながら坑道内を進んでいくと、先頭を歩いていたレギナが足を止めた。

「魔物よ！」

レギナが声を発するよりも早く、俺たちは既に臨戦態勢に入っていた。

このメンバーで探索するのも慣れたもので、わざわざ声をかけるまでもない。

ほどなくすると前方の通路からドシドシと足音が聞こえてくる。

光球を天井に配置すると、全身を茶色い鎧《よろい》で覆われたサイのような魔物が四体見えた。

「ロックホーンです！」

ティーゼが一番に声をあげた。

彼女が知っていることからラオス砂漠にも出現する魔物なのかもしれない。

「ちょっ、一気に並んで来るなんて聞いていないわよ！」

大剣を構えて飛び込もうとしていたレギナが慌てて足を止めた。

現れた魔物は通路を埋め尽くすようにびっしりと並んでいる。

仮に一体を一撃で仕留めたとしても並走しているロックホーンがすぐに突撃してくるだろう。

足が短いせいか突進する速度はそこまでではないが、その大きな体と衝突すれば容易に吹き飛ばされることは間違いない。

「俺が動きを止めるよ」

俺は地面に手をつくと錬金術を発動し、ロックホーンの足元にある土を操作。

勢いよく隆起した土はロックホーンを見事に吹き飛ばし、後ろにひっくり返した。

「今よ！」

「隙ありです」

「おらぁっ！」

無様に腹部を晒したロックホーンにレギナの大剣が、ティーゼの矢がキーガスのトマホークによる一撃が決まって動かなくなった。

ラオス砂漠で学んだことであるが、こういった強靭《きょうじん》な甲殻に包まれている魔物の腹部は柔らかいことが多い。ほとんど攻撃を受けることがなかったので甲殻を宿す必要がなかったからだろう。

「メルシア！　そっちに一体行ったわ！」

レギナの鋭い声と共に一体のロックホーンがこちらに突撃してくる。

どうやらこの一体だけが土の隆起から逃れていたらしい。

「イサギ様、ここはお任せを」

「うん」

メルシアはロックホーンに立ちはだかるように正面に立つと、腕に装備したマナタイト製のガントレットを打ち鳴らす。

ロックホーンの突進に合わせて、拳を下からすくい上げる。

ガントレットの装着された拳はロックホーンの顎を見事に捉え、マナタイトによる威力の増幅が加わりその巨体を派手に吹き飛ばした。

壁に叩きつけられたロックホーンはピクリとも動くことがなかった。

「インパクトの瞬間だけに魔力を込められるなんてすごいね」

「少ない魔力でも継続して戦闘できるように工夫いたしました」

マナタイト製の武器は魔力を込めると、威力が大幅に上昇するメリットがあるが、魔力を多く消費してしまうというデメリットもある。

メルシアは涼しい顔で言っているけど、そんなことが簡単にできれば苦労はしない。

多分、武術に置ける秘伝とかそういうレベルの技と同等の技術とセンスが必要とされる気がした。

8話　宮廷錬金術師は泥の魔物に襲われる

ロックホーンの素材を回収すると、俺たちは鉱脈を探りながら坑道内を進んでいく。

壁に手を触れながら鉱脈を探していると、俺のソナーに反応する地層があった。

「あっ、この辺りに鉱脈がある」

「おっ！　本当か!?」

「試しに少し掘ってみましょう！」

「そうだね」

ここにやってきた目的はレガラド鉱山からどのような種類の鉱石が採掘できるかを調査することだ。

ライオネルに報告するためにも指標となるサンプルは必要だな。

マジックバッグからツルハシを取り出すと、俺はレギナとキーガスとティーゼに渡した。

多分、俺が錬金術で採掘した方が速いんだけど、三人ともとても採掘をしたそうにしているのでやってもらうことにする。

「印をつけたからその辺りを掘ってみて」

「ええ、任せて！」

レギナたちは印をつけた地点へと移動すると、ツルハシを振りかぶって土を削り始めた。

「さて、俺たちはこっちの深い鉱脈を採掘するよ」

「はい」

深いところにある鉱脈は、ツルハシで採掘するのは大変だからね。

俺は錬金術を発動し、壁に魔力を流して土を脆弱化《ぜいじゃくか》させ、一気に瓦解させていく。

硬い岩盤や石ころにぶち当たろうが脆弱化、崩壊を繰り返していけば問題はない。

ドンドンと土を掘削していくと、土や石に混ざって鉱石類が出てきた。

それらをメルシアが土に埋もれないように素早く回収し、鑑定してくれる。

「鉄鉱石、黒鉱石、灰鉱石ですね」

鉄鉱石と灰鉱石は、精錬すれば上質な鉄となり、黒鉱石は銅、鉛などの物質を抽出することができる。

「一般的なものだけど今のプルメニア村には一番不足している鉱石だからありがたいね」

とはいえ、これらの三種類であれば村近くの鉱山でも採掘は可能だ。

可能であれば、そちらでは産出されない鉱石や宝石が出てくる方が嬉しい。

そう思いながら掘削を続けていると、メルシアが一つの黄色い鉱石を手にして動きを止めた。

「イサギ様、こちらの鉱石はなんでしょうか？」

「それは重晶石だね」

「重晶石にはどのような使い道が？」

「塗料やコーティング剤としても使え、ガラスに混ぜることによって透明度や明るさを上昇させてくれる役割もあるんだ。他にもプラミノスに混ぜることによって密度を高め、難燃性を上げることもできる。地味に汎用性の高い素材だよ」

「意外に便利なのですね」

大農園にはプラミノハウスをたくさん作る必要がある。

それを強化するための素材はいくらあっても足りないくらいだ。

今まで帝国時代に仕入れていたものを消費していたが、これを近所で手に入れられるようになったのは大きい。

「イサギさん、こっちのも黒鉱石と重晶石でしょうか？」

「はい、その通りです」

ティーゼが掘っているところからも同じ種類の鉱石が出てきたようだ。

この辺りの鉱脈は大体同じなのかもしれない、などと推測をしていると、キーガスとレギナが銀色物体を掲げて興奮の声をあげていた。

「おい、見ろよ！　イサギ！　これって銀じゃねえか⁉」

「こっちもよ！　もしかして、ここって銀の産出が豊富な銀鉱山なのかも！」

銀はかなり使い道が豊富で価値も高い。

獣王国の貨幣にも使われているので銀が豊富に手に入るのであれば、とても喜ばしいだろう。

しかし、それは本物の銀であればの話だ。

「興奮しているところ悪いけど、それは偽銀といって銀に似た見た目をしているだけの石だよ」

「ええ!? こんなにも銀っぽいのに!?」

「なんだよ、ただの石ころかよ」

きっぱりと偽物だと告げると、レギナは不思議そうに偽銀を眺め、キーガスは舌打ちをしながら地面に叩きつける。偽銀はあっさりと半分に割れ、表面の綺麗《きれい》な銀色とはまったく違う茶色い石が露出した。

まあ、慣れていないと鉱石類を見極めるのは難しいからね。

レギナとキーガスが採掘した鉱石類を確かめると、同じように鉄鉱石、黒鉱石、重晶石がほとんどのようであった。

他の種類の鉱石が出てこないか確認するためにもう少し掘削を進めると、足元の岩を取り除いてくれていたメルシアの耳がピクリと動いた。

「もしかして、魔物?」

「そうみたいです」

俺とメルシアの声が聞こえたのか、レギナたちも一斉に採掘をやめた。

採掘する音を聞きつけて魔物がやってきたらしい。

村近くの鉱山であれば、こんなに頻繁に魔物は出現しないが、長年手入れをされていないだけあって棲息《せいそく》している数が多いみたいだ。

メルシアが視線を向けている方に光球を移動させると、泥の塊のような生き物が群れとなってこちらに接近していた。

「泥を纏った魔物でしょうか？」

「……なんだか気味が悪いわね」

眼窩《がんか》には青い光が灯っており、大きな口が悲壮を表すように歪んでいる。

見ようによってはアンデッド種のように見えるかもしれない。

レギナ、キーガス、ティーゼも怪訝な表情を浮かべている。

彼女たちもどのような魔物かは知らないようだ。

泥の魔物は身体を揺らしながらもじっくりとこちらに近づいて手を伸ばしてくる。

メルシアが鋭い蹴りを放つと泥の腕はあっさりと吹き飛んだが、すぐに泥が集まって再生した。

「腕が再生しました！」

「高い再生能力、もしくは打撃への耐性が強いのかもしれないね」

メルシアと俺が警戒レベルを一つ上げて後退する。

「だったら大剣で真っ二つにするのはどうかしら？」

俺たちと入れ替わるようにして前に出たレギナは跳躍し、先頭にいた泥の魔物に大剣を叩きつけた。

魔物の体はあっさりと両断されるが、すぐに元の形へと戻ってレギナを掴もうと手を伸ばしてくる。

再生力を有している前提で攻撃を仕掛けたためにレギナはすぐに大剣を引いて、バックステップで腕を回避することに成功。

「真っ二つになっても体が再生するみたい！」

「どうやって倒せばいいのでしょう？」

「スライムと同じで核となる部分を狙えばいいんだよ。この魔物だと魔石を狙うのが早いかな？」

俺は土魔法を発動して石矢を生成すると、レギナが斬りつけた泥の魔物へ放った。

射出された俺の石矢は泥の魔物の胸元にある魔石をピンポイントで貫く。

魔石を破壊された魔物はピタリと動きを止めて、その身を崩した。

「なるほど！　魔石を狙えばいいのね！」

「さすがはイサギ様です」

「にしても、よく魔石の位置がわかったな？」

「レギナが斬りつけた際にちょっと魔石が見えたからね」

初見の魔物だと魔石の位置を見抜くのは難しい。

メルシアとレギナが注意を払って情報を集めてくれたお陰だ。

ティーゼの放った二本の矢が泥の魔物の魔石を正確に撃ち抜く。

魔石を砕かれた魔物は苦しげな表情を浮かべると不定形な体を崩し、ただの泥となった。

「明確な弱点があるのでしたら撃ち抜くことは容易ですね」

「動きも遅いし、大した脅威じゃねえな！」

ティーゼの反撃に続き、キーガスも豪快にトマホークを振るって魔石を正確に砕く。

時折、魔石の位置が少しだけずれており、一撃で仕留めることができないこともあるが、冷静に腕を回避して、次の一撃で破壊すればいいだけだ。

再生力は脅威ではあるが仕組みがわかってしまえば、数が多いだけで動きの遅い的《まと》でしかなかった。俺も魔法で援護していくと、あっという間に泥の魔物は数を減らしていく。

「よっしゃ！　最後の一体は俺がいただくぜ！」

キーガスが威勢のいい声をあげてトマホークを振りかぶる。

そんな中、俺は泥の魔物の異変に気が付いたので声を張りあげた。

9話　宮廷錬金術師はモグモグ族と出会う

「わー！　ストップ！　キーガス！」

慌てて制止の声を張りあげると、キーガスはトマホークの軌道を何とか修正して地面を叩いた。

「なんだよイサギ！　急に止めやがってよ⁉」

「その魔物の背中からなんか生き物の足っぽいのが出てる！」

「はぁ？」

泥の魔物の腹部をよく見てみると、微かに動物の足のようなものが見えていた。

「……確かにイサギ様のおっしゃる通り、生き物の足？　というか爪っぽいのが見えています！」

「あの魔物に取り込まれちゃったのかしら？」

「おいおい、まじかよ！　どうすりゃいいんだ？」

飛び出している足の形状から人間や獣人ではないことは確実だ。

鉱山に棲息しているただの動物という可能性もあるし、他の魔物が取り込まれた可能性もあるが、万が一の可能性を考えて救出しておきたい。

「メルシア、ちょっと気になるから取り込まれたものを引っこ抜いてくれる？」

「かしこまりました」

頼むと、メルシアはすぐに駆け出していき、泥の魔物の腹部を蹴った。

体に纏っていた泥が衝撃で吹き飛び、その隙に露わになった妙な生き物を引っこ抜いて回収。

魔物はすぐに体を再生させてメルシアを掴もうとするが、横から振るわれたトマホークが魔石を打ち砕いた。

「イサギ様、回収してまいりました」

「……モグラ？」

モグラだろうか？　にしては全長が一メートルほどあり、かなりの大きさだ。

二頭身の身体つきを見る限り、歩行だってできそうだ。

口の辺りに手を持っていくと、きちんと呼吸はしているので生きているみたいだ。

「あ、あれ？　ここはどこ？」

興味深く眺めていると、つぶらな瞳がぱっちりと見開いた。

「モグラが喋《しゃべ》った！」

「わわっ！　に、人間だあああ!?」

俺を見るなりモグラが即座に逃げようとするが、メルシアによって後ろから脇を持ち上げられているために手足をバタバタするだけに終わった。なんだか可愛らしい。

「こいつは魔物なのか？」

「言葉を操るほどの知恵があるということは上位個体なのでは⁉」

俺がほっこりとするのとは対照にキーガスとティーゼは警戒心を上げていた。

確かに魔物なのに話せるということは、シャドーウルフであるコクロウと同程度の力を秘めている可能性がある。

「いえ、その子は魔物じゃないわ！　モグモグ族よ！」

誰もがそんな事実に思いを巡らせる中、モグラを見つめていたレギナがハッとしたように言った。

「「も、モグモグ族？」」

あまりにも可愛らしい種族名に俺たちの声が重なってしまう。

「あのレギナ様、モグモグ族とは一体どのような存在なのでしょう？」

「モグモグ族はモグラの見た目をした獣人よ」

メルシアがおずおずと尋ねると、レギナがきっぱりと答えた。

このモグラを二頭身にした生き物は歴とした獣人のようだ。

見た目のせいでモグラや魔物と間違われることが多く、人間たちに追われるようにして隠れ住んでいるために滅多に出会うことができないようだ。

「おいらたちのことを知ってるモグか⁉」

「ええ、知ってるわ。会うのは初めてだけどね」

俺たちはまったく知らなかったが、レギナは王族だけあってたくさんの獣人の種族を知っていたようだ。

「まずは自己紹介をしましょうか。あたしはレギナ。獣王国の第一王女よ」

「第一王女様モグか⁉」

レギナの肩書きにモグモグ族が驚く中、続けて俺は名乗りを上げる。

「俺はイサギで君を抱えているのはメイド兼助手のメルシア」

「赤牛族の族長のキーガスだ」

「彩鳥族の族長をしております、ティーゼです」

「おいらはモグートだモグ！」

このモグモグ族はモグートという名前らしい。

「俺たちはこの鉱山から少し離れたプルメニア村に住んでいて、この鉱山の調査にきたんだけど、モグートはどうして泥の魔物のお腹《なか》にいたんだい？」

自己紹介が終わったところで俺は気になっていたことを尋ねた。

「皆のために食料を探していたらドローバに襲われてしまったモグ」

「それであの泥の魔物……ドローバのお腹の中にいたんだ」

「そうモグ」

「……危ねえ、イサギが止めてくれなかったらコイツの頭をかち割っているところだぜ」

モグートの話してくれた経緯を聞いて、額から冷や汗を流すキーガス。

あの時、俺が声を張りあげていなかったらキーガスの言う通りになっていただろう。

本当に気付けてよかったと思う。

「おいらが助けられたってことはイサギたちがドローバを倒してくれたモグか？」

モグートが今思い出したとばかりに周囲を見渡す。

「そうだよ。あそこにある泥は全部ドローバだったものさ」

「すごいモグ！　ドローバは攻撃がまったく効かないモグなのに！　どうやったモグか？」

「胸元にある魔石を破壊すれば倒すことができるよ」

「そうだったモグか！　それは集落の皆にも伝えないといけないモグ！」

「集落があるってことは他にも仲間がいるのかしら？」

息巻くモグートの言葉にレギナが鋭く反応した。

「いるモグ！」

「もし、よかったら案内してもらえないかしら？　あたしたちはこの鉱山の調査にきたの。できれば、この鉱山に詳しいモグモグ族に協力してほしいの」

「わかったモグ。普段は外の人と接触しちゃダメだけど、レギナは王女様だし、イサギたちは命の恩人モグ。助けてくれたお礼に長のところに連れていくモグよ！」

「ありがとう。助かるわ」

レガラド鉱山に住んでいるモグモグ族の力を借りることができれば、より安全で精度の高い調査ができるだろう。俺たちとしては願ってもない展開だ。

「ただおいらたちが協力できるかは保障できないモグ」

「何か問題でもあるの？」

「その辺りも含めて長が説明してくれるモグ」

「……わかったわ」

一瞬、俺たちに対する何かしらの不信感があるのかと思ったが、仮にそうであったら命の恩人とはいえ集落まで案内することはないだろう。

だとすると別の理由があるはずだ。

その理由に関しては長のところに連れていった時に説明してくれるとのことなので、ここで慌てて聞き出す必要はないだろう。

「じゃあ、早速案内するモグ！」

「あ、その前にちょっと待ってくれないかい？」

「どうしたモグ？」

「ちょっとドローバの素材を回収させて欲しいんだ。俺は錬金術師だからね」

ドローバを倒し終わったあとに残っている泥。

これをこのまま放置するのは錬金術師として見逃せない。

「……錬金術師ってなにモグ？」

モグートの素朴な疑問にずっこけそうになる。

無理もない。プルメニア村の人たちも錬金術師がどんな職業なのか知らなかったんだ。

人から隠れ、秘境のような場所で生活しているモグートが知らないのは仕方がない。

「錬金術師っていうのは魔力を使って物質操作を行い、素材を加工したり、変質させたりして様々な物を作り出すことのできる――」

「？？？？」

錬金術師についての説明を軽くしてみたところモグートの頭上に大量の？マークが浮かんでいる姿を幻視した。

「わかりやすく言うと、素材を加工して武器とか魔道具とか便利なアイテムを作れる人よ！」

「なるほどモグ！」

レギナが割って入ってざっくりとした説明をすると、モグートはすんなりと理解した。

ちょっと納得のいかない説明だけどね。

「実際のところこれに使い道はあんのか？　ただの泥だろ？」

採取瓶で泥を採取していると、キーガスが尋ねてくる。

「畑の肥料に活用できると思うよ」

「泥が肥料になるのですか？」

「泥は植物に必要な栄養分を豊富に含んでいるからね。もちろん、貴金属や有害成分が含まれているけど、そこは錬金術で取り除いてやれば問題ないしね」

汚泥肥料なるものが存在することを述べると、キーガスとティーゼが感嘆の声を漏らした。

「そういや、砂漠にも泥沼があったよな？」

「そこの泥を採取して、肥料として活用できないか私たちも試しましょう」

「そっちはいくつの泥沼を知ってんだ？」

「彩鳥族では集落の付近に二つほどの――」

互いに泥沼について心当たりがあるのか情報を交換し合うキーガスとティーゼ。

ラオス砂漠という厳しい環境に住んでいる二人は、少しでも集落の生活がよくなるように考えている。

そんな二人の姿勢を傍で見ていると、俺ももっと頑張らないといけないなと思った。

10話　宮廷錬金術師はモグモグ族の集落にやってくる

ドローバの泥を採取し終わると、俺たちはモグートの案内で坑道内を進んでいく。

モグートはこの鉱山に住んでいるだけあって、集落へと向かう足取りに迷いはない。

ちょこちょこと移動していく彼の後ろを俺たちはついていく。

「こっちモグ！」

「この横穴を通るの？」

「そうモグよ？」

おずおずと俺が尋ねると、モグートはこくりと頷いた。

その横穴は人間が一人なんとか入れるかという大きさだった。

「他に道はないのでしょうか？」

「すまないモグ。いつもこの横穴を通っていたから他の道は知らないモグ」

どうやらここの横穴以外の道は知らず、ここが最短距離を進むのに都合がいいらしい。

「通れるか私が入ってみて確認いたします」

「メルシア、それなら俺が――」

「こういう危険なことは私に任せてください」

「あ、う、うん」

いや、そういう意味で声をかけたんじゃないんだけど、覚悟の込もったメルシアの言葉を聞くと言い直すのは憚《はばか》られた。

俺が言葉を詰まらせている間にメルシアは横穴へと頭を入れた。

彼女はそのまま四つん這《ば》いになると、その身を中に滑り込ませようとする。

が、その豊満な胸とお尻が邪魔をしているのか入りにくそうにしていた。

なんだか非常に見てはいけない光景を見ているようだ。

「……メルシアって胸だけじゃなくてお尻も大きいのね？」

「やめてください、レギナ様！」

レギナのはっきりとした言葉にもがいているメルシアの尻尾がピーンと逆立ち、恥ずかしそうな声があがった。

すぐに身体を引き抜こうとしているが、やはりつっかえているようで出られない様子。

「イサギ、手伝ってあげなさいよ。恋人でしょ？」

「後生ですからレギナ様かティーゼさんでお願いします！　こんな醜態の尻ぬぐいをイサギ様にさせたくありません！」

レギナが俺に頼もうとするとメルシアが猛然と反対の声をあげた。

恋人とはいえ、つっかえたお尻を引っこ抜いてもらうのは嫌なのだろう。

「安心して、メルシア。スムーズに解決する方法があるから」

メルシアを安心させるように声をかけると、俺は錬金術を発動する。

すると、横穴が拡張され、滑り込ませていたメルシアの身体が解放された。

「イサギ、すごいモグ！　この力があれば、道を作り放題モグ！」

「なるほど！　横穴が狭くてもイサギの錬金術があれば問題はなかったのね！」

錬金術の力を初めて目にしたモグートが驚き、レギナがポンと手を打って納得したような表情を浮かべた。

その通りである。

別に俺の錬金術があれば、横穴全体の大きさを拡張してやれば悩むことなど何もない。

「ごめんね、メルシア。先に言おうと思ったんだけど言いにくくて……」

「……いえ、私が気付かないのが悪いのです。イサギ様は何も悪くありません」

事情を説明すると、メルシアが顔を真っ赤にして俯《うつむ》いた。

なんとフォローすればいいのだろうと悩んでいると、メルシアがこちらの裾を掴んで見上げてくる。

「こ、これは横穴が狭いのであって、決して私の身体が太いわけじゃないですからね⁉」

「あ、うん。そんなことは思ったことないから大丈夫だよ」

実際にメルシアの身体は太くはない。むしろ、細いのに出るところはしっかりと出ていて……ってやめよう。そんなことを口走ったところで何のフォローにもならない。

「イサギさんが拡張してくださったことですし横穴を通りましょうか」

「そうするモグ！」

どこかいたたまれない空気を流すようにティーゼが提案し、レギナが頷く。

モグートが横穴に入り、レギナ、ティーゼが四つん這いになって続く。

拡張されたお陰でキーガスも余裕をもってくぐれているので問題はない。

「……イサギ様、お先にどうぞ」

「うん、わかったよ」

この流れで四つん這いになったメルシアの後ろに続くというのは酷であろう。

未だに顔を赤く染めているメルシアに勧められた俺は、先に四つん這いになって横穴を進むのだった。

●

「ここがおいらたちの集落モグ！」

モグートに案内されて坑道を突き進み、階段を降り、何度も横穴を潜り抜けるとようやく目的地へとたどり着いた。

鉱山の中とは思えないくらいに広々とした空間があり、そこには岩や石を利用して作られた建築物がたくさん並んでいた。

「すごい！　想像していたよりも広いわね！」

「ここをモグートたちが作ったってのか⁉」

「最初は狭かったけど、皆で地道に掘り進めたモグ！」

モグモグ族はモグラ種の獣人だ。モグートの発達した腕の爪を見る限り、穴を掘ったりするのは得意なのだろう。

「空間の広さもそうですが、立ち並ぶ建造物も高いレベルです」

建造物を見て、感嘆の声をあげるメルシア。

「ドワーフ族ほどじゃないモグけど、建物を作るのも得意モグよ！」

自分たちの集落が褒められて嬉しいのか、モグートが自慢げに語ってくれる。

モグモグ族はレガラド鉱山に逃げ込み、ここからほとんど出ることなく生活をしている。

つまり、使っている資源はここにあるものだけというわけだ。それなのにプルメニア村よりも高い建築景観を誇っているのは、彼らが途轍《とてつ》もない技量を持っている証明だろう。

「本当にモグートと同じ姿をしたやつがたくさんいるんだな」

「可愛らしいわね」

集落に足を踏み入れてからモグートのような見た目をしたモグモグ族をたくさん見かける。

モグモグ族以外の種族がやってくるのが珍しいのか好奇の視線を向けてくるが、誰も話しかけてくるようなことはない。

中には近づこうとする子供もいたが、親に注意されて家に引っ込む者もいた。

「気を悪くしたらすまないモグ」

「いえ、モグモグ族の経歴を考えると仕方のないことよ」

モグモグ族には、見た目によって魔物と勘違いされて、数多《あまた》の種族に迫害されてきた歴史がある。集落の人々が人間や獣人である俺たちを恐れる気持ちは当然だろう。

「ただ、それを踏まえても陰鬱な空気は気になるな」

「うん、それは俺も思った」

モグモグ族の過去を考慮しても、集落に住まう人々の暗い空気には違和感を覚える。

俺がプルメニア村に最初にやってきた時のような元気のない感じだ。

もしかすると、その原因がモグートたちが調査に付き合うことのできない事情とやらに関わっているのかもしれない。

などと考えながら歩いていると、モグモグ族にしてはふっくらとした身体を持つ者が血相を変えてやってきた。

「モグート！」

「あっ、長！　ちょうどいいところにいたモグ！」

「外の奴らが来てるって聞いてたが連れてきていたのはお前だったのか！　アホ！」

「痛いモグ!?　どうして殴るモグか!?」

「どうして俺たちがここに隠れ住んでいるかわかってねえのか!?　お前は！」

ぽかぽかとモグートの頭を叩いて怒鳴り声をあげる長。

ああ、やっぱりモグモグ族の境遇を考えると、こんな風に集落に連れてくるのはマズいよね。

モグートの反応が軽かったのでついてきてはみたが、モグモグ族としては大問題のようだ。

「ごめんなさい、あたしが代表の人に会わせて欲しいって無理にお願いしたのよ。あまりモグートを叱らないであげて」

「……お前さん、もしかして獣王の娘か？」

レギナが声をかけると、長がつぶらな瞳を向ける。

「ええ、獣王国の第一王女レギナよ」

「モグモグ族の代表をやっているドン・モグザだ。ドンは長の意味を持つ称号みたいなもんだからモグザでいい」

「長、よく一目で王女だとわかったモグね？」

「獣王国の王家は獅子《しし》の血を引いてるんだよ。耳や尻尾を見た時点でわかれ」

モグートの素朴な疑問にモグザが呆《あき》れた様子で答える。

モグートと違って、モグザはある程度外についての情報や常識を持っているようだ。

「あたしたちはモグモグ族が歴とした獣人族だと知っているわ。こちらに害意はないからお話することはできないかしら？」

「獣王国の王女様に見つかったとあっては、どうすることもできねえな。俺の家はすぐそこだ。入ってくれ」

レギナの言葉にモグザは安心と諦めの入り混じった表情で頷くのだった。

11話　宮廷錬金術師はモグモグ族を支援する

モグザの家は地上ではなく地中をそのままくり抜いたような内装をしていた。

俺の家の地下の実験農場と少し雰囲気が似ている。

モグモグ族に身長を合わせているので天井はやや低い。

俺たちは少し屈む程度で問題はないが、身長が百八十センチ以上あるキーガスは腰をかなり折らないと入れなかった。

リビングらしき部屋に通されると、俺たちはモグザに促されてイスに腰掛けようとするが、イスもモグモグ族に合わせたサイズなので座るのは厳しい。

「ああ、すまねえ。お前さんたちじゃ座ることはできねえな」

「よろしければ錬金術でイスを作ってもいいでしょうか？」

「できるならそうしてくれ」

モグザから許可を貰ったので俺はマジックバッグから木材を取り出して、錬金術で即席のイスを作り上げた。

「驚いた。ここまで凄腕の錬金術師は初めて見たぜ」

「恐縮です」

モグートと違って、モグザは錬金術師がどのような存在か知っているようだ。

その上で褒めてもらえるのは純粋に嬉しい。

「生憎《あいにく》と客人なんてこねえもんでな。ロクな飲み物がないが許してくれ」

「ええ、気にしないわ」

モグザが差し出してくれたのはただの白湯《さゆ》だが、限られた資源の中で提供してくれたものに文句を言う者はここにはいない。

ちょうどお湯を飲んでホッと一息つきたかったところだ。

俺たちが白湯を飲む中、モグザはパイプに火をつけて咥《くわ》え、ゆっくりと煙を吐き出した。

恐らく、鉱山内ではなく外に煙草《たばこ》になる植物が自生しているのだろう。

二頭身のモグラがパイプをふかす様はとてもシュールだ。

「モグートをドローバから助け出してくれたみたいだな。そのことについてお礼を言っておく」

「偶然だったけど、助け出すことができてよかったわ」

「それでお前さんたちは何が目的でここにやってきたんだ？」

そんなモグザの問いかけに対し、レギナが順序立てて話す。

レムルス帝国との戦いがあり、獣王国が勝利したこと。

その交渉の末に賠償としてレガラド鉱山の所有権が、正式に獣王国のものになったこと。

そして、獣王であるライオネルの命により、プルメニア村に住んでいる俺たちと第一王女であるレギナがこの鉱山の調査にやってきたことを。

「長い間、空白地帯だったこの鉱山の所有権がついに決まっちまったのか……」

「その口ぶりだといずれはなくなってしまうことも想定していたようね？」

「ここは帝国と獣王国の間にあり、両国の微妙な力関係によって長年空白地帯になっていた場所だ。その均衡が崩れれば、いずれは住めなくなることは理解していた」

モグザとしてもここに永住できるものだとは考えていなかったようだ。

「……そんで俺たちは追い出されるのか？」

「そうなのモグか⁉」

「いいえ、そんなことは考えていないわ。あたしとしてはモグモグ族を雇いたいと思っているわ」

モグザとモグートの懸念をレギナは即座に否定する。

俺たちとしてもレギナがそんなことを考えているとは思っていなかったので言葉を挟むことはしないが驚く。

「俺たちをか？」

「ええ、モグモグ族は長年この鉱山に住んでいるから内部については熟知しているでしょう？それにあなたたちは穴掘りが得意だわ。その能力を生かして、レガラド鉱山の採掘をお願いしたいの」

「まあ、伊達にここに何十年と住んじゃいねえ。どこに行けば稀少《きしょう》な鉱石や宝石が掘れるのか、どこか危ない場所なのかも理解しているし、一般的な鉱石を掘るくらいは朝飯前だな」

「獣王家はモグモグ族がレガラド鉱山に定住することを認め、給金を払う代わりに採掘をお願いする。これでどうかしら？」

「どの鉱石を掘ればいいのか、どれくらいの量を納めればいいのかはあとで細かく詰めるとして、条件は悪くない。だが、報酬については金銭じゃなくて物資にしてもらいたい」

「いいわ」

モグモグ族は外に一切出ることがないために貨幣などは無価値だ。

そんな種族に貨幣を渡すよりも、実用的な物資を渡す方が確かに彼らも喜ぶだろう。

「具体的に何が欲しいの？」

「食料だ。見ての通り、ここらじゃ手に入る食料は少ないからな」

モグザから聞く話によると、モグモグ族は基本的に鉱山に棲息している動物や虫を食べており、時折存在を気取られないように森に出て採取や狩りをしてきたようだ。

しかし、そこから手に入れられる食材には限界がある。

だから、モグザは給金よりも食料を欲しているようだ。

「でしたら、レギナ様。イサギ様の大農園の食材を王家に買い取っていただき、それをモグモグ族にお支払いする形はいかがでしょう？」

「そうね。その形にすれば問題ないわね！」

メルシアの提案にレギナが名案とばかりに頷く。

王家が定期的に買い取ってくれるお陰でうちの大農園は定期収入が得られるし、モグモグ族の集落に近いプルメニア村から支援する方が王家の負担も小さい。

「大農園ってのは何だ？」

「私たちの住んでいるプルメニア村には大農園があるのです。そこではイサギ様が錬金術でお作りになった作物をたくさん育てています」

「どんな作物があるのかお見せしますね」

俺はマジックバッグから箱詰めにされた大農園の作物を取り出す。

トマト、キュウリ、ナス、キャベツ、トウモロコシ、白菜といったたくさんの種類の作物がテーブルの上に並んだ。

「うわあ！　新鮮なお野菜がいっぱいモグ！」

「こいつはたまげた！」

作物を目にしてモグートだけでなくモグザも目をキラキラと輝かせた。

「いくつか味見をしてもいいか？」

「おいらも！」

「どうぞどうぞ」

モグザはナスに手を伸ばし、モグートはキュウリに手を伸ばす。

二人は丁寧な手つきで食材を持ち上げると色々な角度から眺めて鮮度を確認し、同時に口へ運んだ。

「美味いモグっ！」

「こんなに瑞々しくて甘いナスは初めて食べたぜ！」

「イサギの大農園で作っている作物は特別よ。今の獣王国の農業技術をもってしてもこれほどに美味しい作物は作れないわ」

「こんなに美味しい作物を作れるなんてイサギはすごいモグ！」

「ありがとう、モグート」

俺だけの力だけじゃなく皆のお陰なのだが、モグートの純粋な言葉を受け止めることにした。時には謙遜するよりも、素直に受け止めた方がいいと思ったから。

「これだけ新鮮な食料をくれるんなら俺たちとしても願ってもない話だ。雇用の話は引き受けさせてもらいたい」

「ありがとう。協力してくれて嬉しいわ」

レギナはにっこりと笑いながら手を伸ばす。

だけど、モグザは握手に応じることはなかった。

怪訝な顔をするレギナにモグザは真剣な声音で話し出す。

「……契約成立といく前に先に話しておかなきゃいけないことがあるんだ」

「モグートから少しだけ話を聞いたわ。モグモグ族はすぐに協力できる余裕がないってことを……」

「そうか。だったら話は早い。ここ最近、ドローバが大量に出現するようになったんだ」

モグザによると、モグモグ族は少し前に採掘をしていたところ水脈を掘り当てた。

新しい水源に喜んだモグモグ族であったが、水に紛れてドローバが出てくるようになってしまったらしい。それによって水源はあっという間に泥沼へと変わってしまい、大量のドローバが増えたようだ。

「ドローバたちのせいで俺たちは採掘もできないし、食料を確保することもできねえんだ」

「なるほど。それで集落にいたモグモグ族の方々に元気がなかったのですね」

モグザの言葉にティーゼが納得したように頷く。

ドローバが出現してからモグモグ族は満足に食事をすることができていないのであろう。

どこか陰鬱だった集落の様子にも納得だ。

「だったらよ、俺たちでドローバを討伐してやろうぜ――って、痛っ！　天井に角が……」

キーガスがカッコよく立ち上がりながら言うが、天井の低さを忘れていたのか角が刺さってしまっていた。

「気持ちは嬉しいが、ドローバは不死身だ。こちらがいくら攻撃しても体を再生させやがる」

「あっ、長！　ドローバは胸にある魔石を潰せば倒せるモグ！」

「なんだって⁉　そいつは本当か⁉」

思い出したように言ったモグートの言葉にモグザが目を大きく見開く。

「ええ、実際にあたしたちはドローバを倒して、モグートを救助したもの」

「俺はてっきりドローバから逃げてきたものかと……まさか、そんな方法でドローバを倒せるとは思いもしなかったぜ。それなら俺たちでも……」

「長！」

モグザが興奮して立ち上がるがガクッと足の力が抜けてしまい、すんでのところでモグートが支えてくれた。

「モグザさんたちはここ最近食事をしていないご様子なので無理はしない方がいいかと」

やはり、モグザもあまり食事をしていないのだろう。どことなく身体の動きがしっかりとしていない。

ドローバを倒す方法がわかったとしても、そのような状態で戦うことは無理だ。

「モグザさん、ここは俺たちに任せてください」

「しかし、甘えるわけには……」

「獣王の娘として国民を守るのは当然よ。モグモグ族も獣王国の一員なんだから」

「……すまねえ。この恩は鉱山での働きで返させてもらおう」

逡巡《しゅんじゅん》を見せていたモグザだが、レギナからの頼り甲斐のある言葉にそう返した。

「よし、決まりだね！　モグモグ族の集落を守るためにドローバたちを倒そう！」

「ええ！」

「問題はどちらにドローバがいるかですね……」

どうやってドローバたちのいるところに向かうか考えていると、モグートが威勢のいい声をあげる。

「それならおいらに任せるモグ！」

「モグートが案内してくれるのかい？」

「ドローバたちのいる泥沼までの道のりは複雑モグ！」

俺の錬金術を使えば、知らない道だろうと進むことはできるが、それなりに魔力を消費するし、神経も使うことになる。鉱山を熟知しているモグートが案内してくれるのであれば、それに越したことはない。この集落にやってくるまでの道のりも随分楽だったからね。

「わかった。なら案内を頼むよ」

「任せるモグ！」

モグートが案内として同行してくれることが決まり、俺たちはモグザの家を出て行動を開始するが、一人だけいつまでたっても動けない者がいた。

「ちょっと待ってくれ！　イサギ、手を貸してくれ！」

天井を見ると、キーガスの角はかなり深く刺さっているらしく抜けないようだ。必死にもがいている。

「……何やってるんだよ、キーガス」

俺は呆れながらも天井に錬金術をかけ、キーガスを救出するのであった。

12話　宮廷錬金術師は泥の魔物を退治する

モグモグ族を脅かすドローバの討伐に手を貸してあげることにした俺たちは、集落を出てドローバが大量出現しているという泥沼を目指す。

坑道の中を進んでいると、前方に柵のようなものがあり、モグモグ族が二人ほど立っていた。

「おーい、モグリ！　モグータ！　異常はないモグか⁉」

「おお、モグート！　今のところドローバはきてねえぜ！」

モグリ、モグータの前には空堀があり、柵が設置されている。

恐らく、ドローバが攻め込んできた時に対処するためであろう。

「モグートたちはどうするんだ？」

「おいらたちはドローバを倒しに行くモグ！」

「ドローバを⁉　やれるのか⁉」

「ドローバの弱点は看破したモグ！　それにレギナ様たちがいれば問題ないモグ！」

「頼むぜ、外の人！」

「ああ、任せな！」

モグリとモグータからキラキラとした眼差《まなざ》しを向けられ、キーガスが力強く返事する。

モグザは外からやってきた俺たちを警戒していた様子だったが、モグモグ族の全員が警戒しているわけではないようだ。

単純にお気楽な性格が多いのか、実際に外の世界を経験しているかで差があるのかもしれない。

「イサギ様、きます！」

考察しているとメルシアの耳がピクリと反応し、声をあげた。

すると、坑道の奥からズリズリと何かが這いずるような湿っぽい音がした。

光球を飛ばして前方を照らすと、ドローバが五体ほどこちらにやってきていた。

「うわあっ！　ドローバだ！」

「あいつら！　遂にこんなところにまできやがった⁉」

モグリとモグータが驚きの声をあげた。

二人の反応を見る限り、今まで集落の傍にまでやってくることはなかったようだ。

「数が増えて、棲息範囲が広がっているんだろうね」

「どっちにしろ殲滅《せんめつ》するんだ。どこまでやってこようが関係ねえ！」

キーガスは好戦的な笑みを浮かべると、トマホークを手にして走り出した。

ドローバが差し出してきた右手をトマホークで豪快に吹き飛ばすと、その衝撃で露出した右胸の魔石を突きで砕いた。そして、すぐに引き戻すと二体目のドローバへと薙《な》ぎ払いを放った。

今度の攻撃は正確に魔石を撃ち抜き、ドローバの体が崩れ落ちる。

レギナは大剣に炎の力を宿らせると、二体のドローバを一気に両断。

どちらのドローバも右胸にある魔石が砕かれており、泥と共に燃え尽きた。

最後の一体は既にティーゼによる精密な射撃によって、既に魔石を砕かれ事切れていた。

俺が手助けする必要もなく、メルシアが参戦するまでもない。

「すげえ！　ドローバたちをこんなに簡単にやっつけるとは！」

「本当に右胸の魔石が弱点なんだ！」

三人の圧倒的な実力を目の当たりにしてモグリ、モグータが興奮した声をあげる。

その特質に最初は手こずったが弱点が割れてしまえば、この程度の魔物は瞬殺だった。

ドローバは再生力こそ高いものの動きは遅い上に防御力が高いわけでもないからね。

「この調子でドンドンと進んでいきましょう！」

「そうだな」

俺たちはモグリとモグータに見送られると、そのまま坑道の奥へと進んでいった。

●

ドローバが出現している泥沼はモグモグ族の集落より下の層にあるようで俺たちは坑道を進

んで下へ下へと向かっていく。

「ドローバだ！」

坑道を進んでいるとドローバが出現した。

しかも、現れたのは前方だけでなく、左右に繋がっている坑道からもやってきた。

すぐにキーガスとレギナが前方に斬り込んでいく。

あっさりと一体、二体と倒していくが、倒してすぐに奥の個体が前にやってきて空白を埋めた。

二人が後退すると、ドローバが口から泥を吐き出す。

キーガスがトマホークを回転させることで泥を防ぎ、レギナは大剣を盾のように構えて防いだ。

「うげっ、泥がかかったわ！」

しかし、完全に泥を弾くことはできなかったのか、レギナが不快そうに顔を歪めていた。

「こいつらを相手に、泥に塗《まみ》れねえのは無理だろ。諦めろ」

横から声をかけるキーガスのズボンに泥が付着していた。

ドローバは体が泥で構成されている上に、坑道内はドローバがいるせいか地面にも泥が付着している。俺たちが目指すのも泥沼だし、汚れずに帰還するというのは無理だろうな。

一方、メルシアはドローバに接近して掌底を繰り出していた。

ドローバの体がたわむように震えたあと、魔石だけがポーンと抜けていく。

続けて彼女はドローバの吐き出した泥を躱《かわ》し、身を沈めるように接近。

くるりと身体を回転させて踵落としを繰り出し、泥ごと魔石を踏み潰した。

真っ白な布を使ったメイド服には一切の泥汚れはない。

「ドローバを相手に肉弾戦をしているのにどうして汚れないの？」

「……メイドですので」

素朴な疑問を投げかけると、メルシアはスカートをつまみながら優雅に後退してくる。

返事の意味がよくわからない。メイドだと服が汚れない理由になるのだろうか。

「一体一体はそこまで強くないですが、ここまで数が多いと矢の消耗も激しいですね」

俺がそんな突っ込みを心の中で入れている間に、ティーゼは左の坑道からやってくるドローバの魔石を矢で的確に射抜いている。しかし、空いてしまった穴を埋めるように次々とドローバがやってくるので焼石に水といった様子。

ティーゼの矢の予備は俺がマジックバッグに保管しているので平気だが、チマチマと相手をしていれば体力を大幅に消耗することになるだろう。

「面倒だわ！　あたしが一気に蹴散らしてあげる！」

「レギナ、狭い坑道内で派手な炎はダメだよ」

レギナが大剣に強い炎を纏わせたところで俺は制止の声をあげた。

「ええ⁉　ダメなの？」

「狭い空間内で派手な燃焼を起こせば空気中の酸素が減少する上に、坑道内に煙が充満する可能性があるんだ。そうなれば俺たちの首を絞めることになるし、何よりの懸念は坑道内に石灰層などの可燃性のある鉱石や可燃ガスなどがあること」

「そ、それは確かにダメね」

理由を説明すると、レギナは顔色を真っ青にして炎を霧散させてくれた。

先ほどのようにドローバの魔石を砕くために完全にコントロールされた状態で振るうのであればいいが、こういった状況では許可できない。

「じゃあ、どうすればいいの？」

「正面は俺が対処して、メルシアは俺の護衛。左右の坑道はティーゼさんの風魔法で薙ぎ払って、とどめをレギナとキーガスでお願いするよ」

「任せてください」

「おう、いいぜ！」

ティーゼは矢を背負ってすんなりと頷き、キーガスが威勢のいい返事をする。

「構わないけど、正面が一番数が多いわよ？」

「大丈夫。ちゃんと策があるから」

泥沼に至る通路とあってか正面の坑道はドローバで埋め尽くされているが、一人で処理をする目算が俺にはあった。

「なら、正面は任せるわ」

「そっちも頼んだよ」

余裕のある俺の態度を見て問題ないと判断したのか、やや心配気味だったレギナも配置につく。キーガスが左側の坑道を向いて待機し、レギナが右側の坑道を向いて待機すると、中央にいたティーゼが翼を広げてふわりと舞い上がった。

「それではいきます！　『ウインドカッター』！」

ティーゼが左右の坑道へと風魔法を放つ。

荒れ狂う翡翠《ひすい》色の刃はドローバたちの体を無慈悲に切断していく。

魔石を狙わない限りドローバの体は再生するが、一時的に動きを止めたり、鈍くなったりする。

胴体を切断されてしまえば、まともに動くことはできない。

その僅かな硬直を狙ってキーガスとレギナが同時に走り出して武器を振るう。

「ハハハハ！　魔石を砕き放題だぜ！」

「どっちが先に片付けるか勝負よ！」

両腕を吹き飛ばされたり、胴体が切断されたりしているドローバたちは体の再生を優先するが故に無防備になってしまう。そんな状態のドローバの魔石を砕くのは二人にとって余裕だった。

「イサギ様、ドローバがかなり近づいてきています」

作戦が上手くハマっていることを確認していると、いつの間にか正面にいたドローバが三メートルほどの距離に近づいてきていた。

……これだけ引き付ければ、ドローバたちを一網打尽にできるだろう。

「メルシア、少し下がって」

「はい」

メルシアが即座に後ろに下がったのを確認すると、俺はマジックバッグから一振りの剣を取り出す。

鞘《さや》から引き抜かれたのは蒼《あお》色の長剣。

帝国との戦いに備えて俺が作った氷属性を宿した魔法剣だ。

それを逆手に持つと俺は足元に突き刺した。

「――氷結」

地面から冷気が噴き上がり、坑道内を埋め尽くしていたドローバを瞬時に凍結させた。

「やっぱりね。体が泥で構成されているから氷属性には弱いと思っていたよ」

泥には当然ながら水分が混ざっている。

水分を凍結させてやれば固まって動けなくなるのも当然だった。

氷像と化したドローバたちはメルシアの拳によって砕かれる。

「凍ってしまえば再生もできないようですね」

「とはいえ、氷が溶けたら再生して動きそうだし、魔石は砕くか回収しておいた方がいいね」

「そうですね」

ドローバの体は泥で構成されている。

相手が動かないのであれば、錬金術で剥ぎ取ることが可能だ。

俺は固まって動けないドローバに錬金術を発動し、泥を崩壊させて魔石だけを摘出していく。

「あとは砕いていいよ」

「わかりました」

「おいらもやっていいモグか？」

「どうぞどうぞ」

さすがに全部を回収していると時間がかかりすぎてしまうので十個ほど回収したところで満足し、残りはメルシアとモグートに砕いてもらう。

「こっちの方が速かったみたいだね」

「そんなのアリかよ⁉」

「イサギのそれはズルだわ！」

キーガスとレギナはまだ終わっておらず、残っている数体のドローバを相手にしている。

ティーゼの風魔法のお陰でかなりの数の処理ができたので、あちらが片付くのも時間の問題だろう。

「イサギさん、その剣は一体……？」

一息ついていると、ティーゼが興味深そうに俺の剣を見つめてくる。

レディア砦で使っていたのは序盤や中盤だけだったし、終盤に駆けつけてくれたティーゼが見ていないのも無理はない。

「俺が錬金術で作った魔法剣ですよ」

「……ひょっとして大樹の素材を使わなくても弓に風属性を付与できるのでしょうか？」

「ええ、できますよ。通常の弓に風属性の力を乗せて加速させ、威力を増大させたりすることもできますし、弦を魔力で生成し、風属性の矢を撃ち出すようなものもできます」

大樹のような最高品質の素材がなくても、魔法の武具を作ることは可能だ。

そう説明すると、ティーゼが距離を詰めて両手を握ってくる。

「でしたら、是非とも作ってほしいです！　私たち彩鳥族は風魔法との適性も高く、イサギさんの作ってくれた風の弓と非常に相性がいいんです！　できれば集落を守るために他の戦士にも配備したいです！」

「おいおい、なに抜け駆けしてるんだよ！　てめえは既に大樹の弓とかいうふざけた性能のものを貰っただろ！　優先権は赤牛族にある！」

「いいえ！　まずは国防に備えて獣王軍に配備するのが優先よ！　いつ帝国と戦いになるかわからないんだから！」

ティーゼだけでなく、ドローバを片付けたキーガスとレギナまでもがやってきて魔法具の優先権を主張する。

必要としてくれるのは嬉しいけど喧嘩はやめてほしいなぁなどと思っていると、俺とティーゼの間に割って入るようにメルシアが現れる。

「ティーゼさん、イサギ様との距離が近いです」

「す、すみません。興奮してしまってついはしたない真似を……」

俺の両手を握っていることに気付いたのか、ティーゼが顔を赤くしてパッと離れた。

「お二人もイサギ様の作った魔法剣が欲しいとおっしゃっておりますが、そもそも作ろうにも先日の戦いのせいで鉱石類が不足しているので無理です」

「そういや、そうだったな」

「それを解消するためにここにきているのだし、今ここで話し合いをしても意味ないわね」

メルシアの現実的な言葉に白熱していたキーガスとレギナも冷静になったようだ。

どれだけ頼もうにも素材がなければ意味はない。

錬金術師は無から有を作ることはできないのだから。

13話　宮廷錬金術師は仲間と坑道を突っ切る

「モグート、ドローバの現れた泥沼まであとどれくらいなんだい？」

「この坑道を突き進んだ先にあるモグ！」

どうやら目的地はこの先にあるらしい。

直線となっている坑道の道のりは百メートルほどあって長いが、ここを越えればと思うと精神的にも楽になるものだ。

「げっ！　またドローバの群れだわ！」

しかし、その百メートルを阻む存在がいる。

「後ろからもです！」

さらには後方を警戒しているティーゼからもそんな声が。

「一体、どれだけいんだよ……」

「もう百体以上は倒してるわよね？」

本日、何度目かもわからないドローバとの遭遇に思わず辟易《へきえき》する。

かなりの数がいるのは予想していたが、俺たちの想像を超える数だ。

「目的地までもうすぐよ！　後ろには構わず突き進みましょう！」

「了解！　──氷結」

　レギナの方針に賛成し、俺は魔法剣を振るって前方にいるドローバを凍らせた。

　直進になっている坑道にはいくつもの横道があり、次々とドローバが合流してくる。

　悠長に相手をしていれば、大量のドローバに四方から押し込まれてしまうことになる。

　できるだけ時間をかけないように進路上にある邪魔なドローバだけを砕いて前へ進む。

　凍結範囲から逃れていたドローバが立ちふさがるが、宙に浮いているティーゼが風魔法で切り裂き、キーガスとレギナが露出した魔石を素早く砕いた。

　今日だけで百体以上もドローバを倒しているので、俺たちの連携も磨きがかかっており、足を止めることはない。

　モグートは走るのが苦手だが、メルシアが抱えているために遅れることはなかった。

「……これだけの数を討伐しているにもかかわらず、一向に引く様子を見せないのは不自然ですね」

　普通はこれだけ仲間が倒されれば知能が低い魔物とはいえ、相手との力量差を理解して逃げたりするものだ。しかし、ドローバにはまったくそんな様子はない。

「……もしかすると、砂漠の時のように上位個体がいるのではないでしょうか？」

「俺もそんな気がするぜ」

　ティーゼがおそるおそる口を開き、キーガスも同意するように頷く。

現在の状況はラオス砂漠に出現したサンドワームと戦った時に酷似している。

今回もそれと同じケースで考える方がいい。

「その可能性は大いにあるね。泥沼に着いても気は緩めないようにしよう」

「とはいえ、まずはここを突っ切らないとね！」

レギナの言う通り、ここを潜り抜けないことには意味がない。

「――氷結」

「ウオオオオオオッ！　雄牛の突撃《オックスチャージ》！」

魔法剣を足元に突き刺し、前方から押し寄せるドローバの群れを凍結させた。

すると、キーガスが血潮のようなオーラを身体に纏い、凍結したドローバたちを砕きながら力強く前進。その進路上に存在した氷像は跡形もなく砕けていた。

キーガスの後ろを付いていって移動すると、横の坑道からドローバが流れ込んでくる。

「横と後ろは俺が抑えるよ！」

「わかりました！」

進路を塞いでくるであろうドローバを蹴り飛ばそうとモグートを抱えたメルシアが前に出るが、俺はそれを引き留める。代わりに俺は錬金術を発動し、横から繋がってくる坑道を土で塞いでやった。

横の坑道から合流してくるドローバはこうしてやれば相手にする必要もなく、足を止めることもない。

さらに俺は後ろにも錬金術を発動。

今度は坑道を塞ぐのではなく深い穴を作ってやると、後方から迫ってきていたドローバがぼとりぼとりと穴へ落ちていく。

泥の体をしているドローバが落下でダメージを負うわけではないが、三メートルほどの深さの穴を登るにはそれなりに時間がかかるであろう。

壁を伝って移動してくるドローバは穴に落ちることはないが、最短距離を塞いでルート制限ができるだけでも時間稼ぎにはなるものだ。

「さすがはイサギ様です」

「これで前だけに集中できるわ！」

坑道の終わりまであと四十メートル。あともう一息だ。

俺たちの前ではキーガスがトマホークを振るっているが、あまりの数の多さに足を止められていた。

「だあー！　くそ！　うじゃうじゃと湧いてきやがって！」

「キーガス、退きなさい！　一刀破！」

追いついて合流する形となったレギナが大剣を肩に担ぐようにして構え、魔力による斬撃を飛ばした。レギナの声に反応したキーガスはすぐに身体を伏せ、彼の頭上を通り過ぎた斬撃がドローバたちの体を真っ二つにしていく。

「一気に吹き飛ばします！　極彩色の風《エールブラスト》」

飛行していたティーゼが一番前に出ると大きく翼をはためかせる。極彩色の風が波動となって前方に吹き荒れ、レギナの一撃によって両断されたドローバたちが吹き飛ばされて壁に叩きつけられた。

ドローバの半分は泥へと還ることとなり、生き残っている半分は肉体を再生させるために動くことができない。

つまり、俺たちの前に立ちふさがる者はいなくなった。

「今の内よ！」

俺たちは一気に走る速度を上げて坑道内を突き抜けた。

坑道を抜けて広間にたどり着くと俺は周囲の警戒を他の仲間に任せて、入口部分を錬金術で封鎖した。自らの退路を塞ぐことにはなるが、膨大な数のドローバがここに入り込んでくるよりかはマシだろう。

入口を塞ぎ終わると、俺は光球を飛ばして改めて周囲を見渡す。

坑道の先にあったのは大広間だ。天井は高く、空間としてもかなり広い。

「ここがドローバの出現し始めた場所なのかい？」

「そうモグ！　地下からの水脈が噴き出して綺麗な水がいっぱい溜まってたモグけど、ドローバが現れるようになってこんな風になっちゃったモグ……」

泥沼を見つめて、無念そうに言うモグート。

元は美しい地底湖だったらしいが、ドローバの大量出現による汚染で澄み渡る水はすべて泥へと変貌してしまったようだ。

泥沼の縁に移動すると、泥を瓶に入れて採取する。

わかりやすいように水に溶かし、錬金術で含まれている成分を解析した。

うん、ドローバが纏っている泥と同じだね。触れても問題はない。

「とりあえず、泥沼を調べてみよう」

「よろしく頼むモグ！」

俺の錬金術で不純物を除けば泥沼が綺麗な湖へと変わる可能性もあるし、水脈を閉じてしまえば、一時しのぎかもしれないがドローバの出現を食い止めることはできるだろう。

そのことを皆に伝えた上で俺たちは泥沼を調査することに。

モグートには安全な泥沼の縁に待機してもらって、俺たちは泥沼に足を踏み入れる。

「うっ、気持ち悪い感触だわ」

「靴に泥が入ってきやがる」

泥沼に足を入れた瞬間、レギナ、キーガスの表情が歪んだ。

ぬるりと足が引き込まれ、靴の中に泥水が入り込んでくる。

素足で入ればまだ気持ちいいのかもしれないが、衣服を纏った状態で入ると不快だった。

「その上、一歩一歩進む度に足を引き抜くのが大変だ」

足を進める度に粘着性の高い泥が纏わりついてくる。

これは歩くだけで一苦労だ。地面の上と同じ速度で動けるなんてことは期待しない方がいいのかもしれない。

「まるで、足に重しをつけているような感覚だぜ」

「……獣王軍の訓練で沼地を走ったことを思い出すわ」

第一王女なのにそんな訓練を受けていたんだ。

その訓練の甲斐があってか泥沼の歩き方のコツがわかっているのか、彼女の足取りは非常に軽いものであった。

「メルシア、顔がすごいことになってるけど大丈夫!?」

泥沼に足を踏み入れるとあっては、メルシアのメイド服やレギンス、靴なども汚れることになる。隣を歩く彼女の表情は、今まで見たことがないくらいに憂鬱そうであった。

「……メイドですから問題ありません」

「そ、そっか……」

どこか感情のこもっていない声音でメルシアは返事した。

それくらいメイド服が汚れるのが嫌だったようだ。

今までの長い戦闘で真っ白なメイド服に泥が付着していないのが異常だったとは思うけど、本人にとってそれほど汚したくないものであるらしい。

だったら汚れてもいい服を着ればいいと思うのだけど、それはきっと彼女のこだわりに反するのだろうな。

「……なんだか私だけ空を飛んでいてすみません」

申し訳なさそうに言うのは、一人だけ宙に浮かんでいるティーゼだ。

飛行することのできる彼女は泥に塗れることも、移動を阻害されることもなかった。

「それがティーゼさんの強みなのですから気にしないでください。ただ、俺たちは普段よりも移動が遅くなるので、その分ティーゼさんに期待させてください」

「わかりました。任せてください」

表情を明るいものに変えたティーゼは、その機動力を示すかのように周囲を動き回って警戒してくれる。

たった一人、足元の環境に左右されない存在がいるだけで頼りになるものだ。

「ッ！　何かがくるわよ！」

レギナの声に反応して、全員が足を止めた。

振動の発生源は恐らく泥沼の中心地。

泥が押し上げられるようにして膨れ上がると、そこから巨大な何かが飛び上がってきた。

14話　宮廷錬金術師は泥人形と戦う

「オオオオオオオオオオオオオオオオオッ！」

「……なんだありゃ？」

泥沼の中心地から現れたのは、ずんぐりとした丸い体に手足を生やした生き物。

ドローバを人型にして胴体だけ異様に膨らませたような姿をしている。

眼窩には黄色い光が灯っており、流動的な泥がマントのように広がっていた。

「ドローバと似ていますね？」

「ああ、ドローバの上位個体と考えていいと思う」

大きさや形こそ異なるが、ドローバと酷似している。

やたらとドローバが好戦的だったことや組織立った動きをしていたことから、あの泥人形が上位個体だと考えていいだろう。

「ならあいつを倒せばいいわけだな？」

「ああ、そうだね」

恐らく、あの泥人形が水源を汚染し、泥沼へと変え、ドローバを生み出している。

あの魔物を倒せば、この問題のすべてを解決することができるだろう。

「来ます！」

泥人形は身を低くして右肩を前に突き出すと、泥の上を走ってきた。

「ショルダータックルかよ⁉」

坑道を突破する際にキーガスが放った技と同じ——いや、それを遥かに超える威力であろうタックルがこちらに迫ってくる。

「散らばるわよ！」

当然、その場に固まっていたら的でしかない。

俺たちは即座にその場から離れるために動き出すが、泥が足に絡みついてくるせいで動きがどうしても遅くなってしまう。

「動きにくっ！」

「イサギ様、お手を！」

メンバーの中で一番身体能力の低い俺は、見事に移動に遅れてしまいメルシアに無理矢理引っ張られる形で離脱。その数秒後に俺のいた場所を泥人形が駆けていった。

「ありがとう。助かったよ」

「足元が悪いのでいつも以上に動き出しを早くしてください」

卓越した身体能力を持っている四人であれば、相手の動きを見てからでも十分に回避行動をすれば間に合うかもしれないが、俺の場合はそうじゃない。

泥人形がモーションをする頃には、どんな攻撃をしてくるか見切って早めに動き出す必要がある。

「だけど、そんなことができたら苦労はないよ」

「私がイサギ様を掴んで飛びましょうか？」

「いえ、次は自分で何とかしてみます」

泥沼で泥人形を相手にするのに、最大の切り札となるのはティーゼの高い起動力だ。

俺なんかのためにそれを無駄にするのは勿体《もったい》ないからね。

「にしても、ドローバと同じく魔石は右胸にあるのかな？」

「確かめてみます」

こちらに振り向いた泥人形目掛けて、メルシアが駆け出す。

足元が泥沼のせいで速度は少しだけ落ちているが、それでも恐るべき鋭さ。

ガントレットを装着した彼女の拳が泥人形の球体のような体に吸い込まれる。

狙うのはドローバの魔石があった位置と同じ右胸。

泥人形の体表を流れる泥が少しだけ吹き飛んだ。

泥人形がビクともしていないことを察すると、メルシアはすぐに後退した。

「どうだい？」

メルシアに尋ねると、彼女は首を横へと振った。

「そもそも攻撃が届きませんでした」

「……相当泥が分厚いみたいだね」

俺が直接手を触れて、錬金術を発動させれば、崩壊させることもできるかもしれないが、上位個体を相手にそんなことをするのは自殺行為だ。まずは少なくとも反撃できないくらいに弱らせるか、動きを止める必要があるだろう。

「だったら俺が届かせてみせらぁ！」

今度はキーガスが赤いオーラを纏わせて泥人形へと前進。

両手でトマホークを握りしめ、泥人形の右肩へと叩きつけた。

メルシアの一撃を上回る一撃に泥が激しく吹き飛び、右肩から胸にかけて大きな裂傷が生まれた。そこに後方から弓を番《つが》えたティーゼの矢が突き刺さる。

風属性の付与によって貫通力を上げた一撃は泥人形の右胸にぽっかりと丸い穴を空けた。

しかし、そこに魔石はない。

泥人形の右肩から右胸にかけて、すぐに泥が補填されると修復されてしまう。

「……魔石がありませんでしたね」

「泥の流動に合わせて、魔石の位置を変えているのかもしれません」

スライムにも自身の魔石を移動させて、致命傷を避けようとする特性を持つ魔物がいる。

流動的な泥を纏っているあいつも同じようなことをしているのかもしれない。

「ドローバのように楽に倒せるわけではないようです」

「並の攻撃じゃ泥ですぐに修復されるぞ？」

「だったら修復を上回る攻撃を叩き込むまでだわ！」

魔石を破壊することが難しい以上、強引にはなるがそれが正しい戦法になるだろう。

メルシア、キーガス、レギナが泥人形へと攻撃を加えていく。

泥沼に足を取られながらでも三人の動きはとても機敏で、泥人形の腕は追いついていない。

しかし、いくら攻撃を加えようとも泥人形はすぐに体を再生させていた。

「オオオオオオッ！」

泥人形が左腕を振り上げて、戦槌《せんつい》のようにして叩きつけてくる。

メルシアはサイドステップで回避すると、右足をしっかりと踏み込み、ガントレットに魔力を込めて一撃を放った。

ズドオオンッという音が響くが、泥人形の体が一瞬だけ持ち上がる。

が、その一撃で倒れることはない。

どうやら纏っている泥を一点に集め、メルシアの一撃を吸収したようだ。

「――ッ!?　抜けない！」

メルシアは即座に腕を引き抜こうとするが、泥人形が泥を纏わりつかせているのか抜けないようだ。

機敏な動きをするメルシアであるが、相手に動きを拘束されては逃れることはできない。

動けなくなったメルシアに向けて泥人形が右腕を大きく振り上げる。

俺は焦って魔法を発動させようとするが、それよりも早くにレギナが飛び出した。

レギナの大剣が炎を纏い始める。

「レギナ！　広い空間とはいえ、派手な炎は――」

「わかってる！　『牙炎《がえん》』」

俺の忠告の意味を理解しているようで、彼女は最小限の炎で泥人形の右腕を吹き飛ばす。

その衝撃でメルシアの腕を拘束していた泥が緩み、彼女はすぐに離脱することができた。

「助かりました。レギナ様」

「こういうのはお互い様よ！」

メルシアが無事だったことに安堵《あんど》の息を漏らす。

まさか、泥を活かしてあのようなカウンターを繰り出してくるとは侮ることができない。

「斬っても斬っても再生するんだけど！」

「ちくしょう！　キリがねえぜ！」

先ほどレギナが吹き飛ばした右腕もすぐに再生し、キーガスが地道に加えていた裂傷もすぐに塞がってしまっていた。

泥人形の足元には広大な泥沼がある。

いくら剥がそうとも無限ともいえるほどの泥が供給されてしまう。

唯一泥沼に左右されないティーゼはその機動性を活かし、あらゆる角度から矢を打ち込んでくれているが泥人形はまったく意に介することがない。突き刺さった矢ごと吸収されてしまっている。

「……風属性を付与していない矢では相性が最悪ですね」

風属性を付与すれば、それなりに泥を剥ぐことができるけど効率は悪そうだ。

先ほどキーガスの攻撃に重ねた時のように追い打ちとして射かける方が効率としてはいいのだろう。

四人で総攻撃を加えたとしても、その修復速度を上回ることはできていない。

このまま攻撃を続けていては体力が尽きるのはこちらの方が先だろう。

何か状況を打開するような一手が必要だと考えた俺は懐から魔法剣を取り出した。

ドローバはやたらと氷属性に弱かった。

この泥人形も同じく泥を纏っているのであれば、氷魔法による一撃は有効かもしれない。

俺は魔法剣を足元に刺すのではなく、魔力を制御しながら振ることで三本の氷槍《ひょうそう》を生み出す。

「氷槍《アイシクルランス》！」

魔法剣の発動に気付いた四人がすぐに射線上から離れたのを確認し、俺は三本の氷槍を撃ち出した。

15話　宮廷錬金術師は泥人形を討伐する

俺の射出した氷槍は泥人形の左肩、胴体、右足へと直撃した。

「オオオオオオオオッ!?」

泥人形が怯むと即座にレギナが反転して、大剣を水平に振るって強烈な一撃を加えた。

「ッ！　泥人形の体が再生しないわ!?」

「氷魔法を食らったせいで体表が固まってしまったんだろうね」

泥人形は常に泥を流動させて纏い続けている。

攻撃を受けても泥をすぐに循環させるのだが、その泥を固めてしまえば循環させることはできなくなる。

「さすがはイサギ様です！」

「これならあたしたちの攻撃が十分に通じるわ！」

「その泥んこを一気に剥いでやるぜ！」

俺は氷槍を追加で放ち、泥人形の体表を次々と凝固させていく。

凍った部分を狙ってレギナが大剣を振るい、キーガスがトマホークによる一撃を加えていく。

固まった泥が大きく弾け飛び、泥人形の体がみるみる内に小さくなっていく。

防戦一方となった泥人形は両腕を地面に叩きつけて、激しく泥を撒《ま》き散らす。

あまりに激しい泥の散布にレギナたちは足を止めることになる。

「もう！　泥がかかるじゃない！」

「ていうか、あいつ逃げやがったぞ！」

「いいえ、違います！　泥を纏うつもりです！」

空中で俯瞰《ふかん》していたティーゼだけでなく、後方から見守っていた俺にも泥人形が離れた場所で膝をつくのが見えた。

「ティーゼさん！　皆を宙へ！」

「は、はい！」

ティーゼは返事をすると、翼をふるってキーガス、メルシア、レギナの足元につむじ風を発生させ、三人を宙に浮かべさせた。

それを確認すると、俺は泥沼へと手をつくと氷魔法を発動させる。

「凍結」

泥沼が――凍った。

俺の氷魔法は、瞬く間に泥沼を真っ白な凍結地帯へと染め上げてしまう。

「オアアアアッ⁉」

泥人形は自分の足が氷の下にあると遅れて気付いたのか、戸惑いの声を漏らし、慌てたようにして足を引き上げる。

「足元の泥沼が凍ってしまえば、泥を纏うことができない。だろ?」

「さすがイサギ様です!」

「……無茶苦茶ね」

「まさか泥沼を凍らせてしまうとはよ!」

泥沼から泥を纏うのであれば、その泥沼をなくしてしまえばいい。

俺のそんな目論見《もくろみ》は効果的だったらしく、泥人形は泥を纏うことができなかったようだ。

よし、あとはこのまま攻撃を加えていけば――と考えていると、泥人形が突如として体を投げ出して転がり始める。

通常ならば泥沼のせいでそれほど早く進めないのだろうが、地面が凍結しているのが裏目に出たらしい。その球体のような体も相まってドンドンと加速して転がってくる。

「イサギ様!」

「問題ないよ」

最初のようなショルダータックルならばともかく、こちらに一直線に転がってくるだけであれば対処は簡単だ。

俺は錬金術を発動させると、目の前の氷を隆起させて上り坂を作ってやる。

勢いよくレールに乗った泥人形は俺の頭上を越えて飛んでいき壁へと直撃した。

「モグ⁉」

遥か後方で待機していたモグートが悲鳴をあげ、慌ててその場から離れる。

泥人形は体が壁に埋まっているのか必死にもがいている。

絶好の隙を晒している泥人形に俺は近寄っていくと、その球体のような体へと触れて錬金術を発動。

「崩れろ！」

魔力を流し、錬金術によって物質を変化させる。

纏っている泥成分を解析し、水分を抽出し、急激に乾燥。

そして、構成している分子を一斉に切り離して崩壊させてやる。

すると、泥人形の残っていた泥がボロボロと崩れ落ち、首の付け根の辺りに大きな魔石があるのが見えた。

「オオオオオオオッ⁉」

体の組織の崩壊が始まっていると悟ったのか、泥人形が残った力を振り絞るように暴れ出す。

その剛腕が俺に直撃しそうになるが、横からやってきたメルシアが俺の身体を抱き上げて離脱。

「イサギ様、失礼します！」

「あ、ありがとう」

メルシアのお陰で難を逃れたとはいえ、男としては少し複雑な気分だった。

壁から抜け出した泥人形は無機質な黄色い瞳をこちらに向けて追いかけてくる。

どうやらよっぽど俺が憎らしいようだ。

俺のやったことなんて体表を凝固させ、泥沼を凍らせ、肉体を崩壊させて――って結構好き放題やっている。狙いをつけられるのも無理はない。

「俺たちを無視するとはいい度胸だ！」

「ええ、まったくね！」

赤いオーラを纏ったキーガスのトマホークが泥人形の右腕を斬り飛ばし、レギナの炎を纏った大剣が左足を切断。

一瞬にして手足をもぎ取られた泥人形がバランスを崩して転んでしまう。

周囲に泥沼はないために欠損した部位を再生させることはできない。

泥人形が何とかバランスを取って立ち上がろうとするが、その後ろには風属性の力を矢へと収束させているティーゼがいた。

「これで最後です」

ティーゼの最大出力ともいえる魔力が込められた一撃は、泥人形の首元にある魔石を呆気《あっけ》なく撃ち抜いた。

「――ッ⁉」

核となる魔石が砕かれると泥人形の肉体はボロボロと崩れ落ちていき、そこには泥のような何かだけが残るのであった。

●

「あんなおっかない魔物を倒してしまうなんてすごいモグ！」

泥人形を倒し、素材となる泥を回収していると、安全な場所で待機していたモグートが駆け寄ってきた。

「イサギが弱点を見抜いてくれたお陰だわ」

「ドローバも氷を苦手としていたから通用すると思ってね」

ドローバのように一撃で倒すことはできなかったが驚異的な再生力を食い止めることができた。こちらの予想を上回る効果だった。

「にしても、まさか最後には泥沼ごと凍らせちまうとはよ」

「こうするのが修復を阻止する上で一番だからね」

体表を固めて再生を塞いでも供給源を断たなければ意味がないからね。

「だからって普通はこんなことはできませんよ」

「それができるからイサギ様なのです」

ティーゼが苦笑し、メルシアがなぜか誇らしげに言う。

　まあ、帝国との戦いのお陰で魔力がたくさん増えたからね。

「これでもうドローバは湧いてこないモグか？」

「泥人形を倒してから生き残っていたドローバが慌てて散っていくのを確認いたしました。上位個体によって統率されていたものと見て間違いないと思います」

　周囲を確認してみると泥沼にいたドローバたちは魔法に巻き込まれて凍結しており、泥沼以外の場所にいたドローバたちの姿は見えなくなっていた。

　念のために俺が塞いだ坑道の壁を崩してみたが、ドローバたちが押し寄せてくることはなかった。坑道を埋め尽くすほどにドローバがいたが、上位個体である泥人形が倒されたせいで散っていったらしい。

　ラオス砂漠でキングデザートワームを倒した時と同じ状況だ。

「うん、これならドローバが出現することも集落に押し寄せてくることもないはずさ」

「やったモグ！　これで集落は安全モグ！　急いで皆のところに戻って知らせてあげるモグ！」

　ひとまずの安全が確保されたことを保障すると、モグートが喜びを露わにするように飛び跳ねた。

「モグモグ族の集落まで戻りましょうか！」

「そうだね」

　本当はもうちょっと泥沼を調べたりしたいけど、魔法で凍結させてしまったせいで時間もかかりそうだ。

集落にいるモグモグ族たちは泥人形とドローバのせいでまともに食事を摂ることもできていない。ここは早めに戻って皆を安心させてやるのがいいだろう。

泥人形の素材を回収すると、俺たちはモグモグ族の集落に戻ることにした。

16話　宮廷錬金術師は飲んだことがない

モグモグ族の集落に戻ってきた俺たちは、ドローバの統率個体を討伐したことを告げた。

「よかった！　これでもうドローバたちに怯える必要はないんだな⁉」

「ようやく集落の外に採取に行ける！」

集落が安全になったことを聞いたモグモグ族は大声をあげたり、近くの者と抱き合ったりなどして喜びを露わにした。

そんな光景を微笑ましく眺めていると、俺たちの前にモグザとモグートがやってくる。

「王女よ、俺たちのために魔物を討伐してくれたことに感謝する」

「本当にありがとうモグー！」

二人が地面に膝をついて感謝の言葉を述べると、歓声をあげていた他のモグモグ族もそれに倣う形で膝をつき、口々に感謝の言葉を述べてくれた。

「気にしないで。獣王家として民を守るのは当然だから」

モグザたちの言葉にレギナはまったく動じることのない態度で返事をする。

さすがはレギナ。これだけの数の民にかしずかれても実に堂々としている。

これが王族。人の上に立つ人材として教育を受けた人なんだ。

「だが、それでも俺たちが救われたことは確かだ」

「獣王家としての望みは一日でも早くレガラド鉱山を稼働させること。恩を感じるのであれば、そのために皆の力を貸してちょうだい！」

「もちろんモグー！　今すぐに鉱山を案内しながら採掘をしたいところモグだけど、お腹が空いて力が出ないモグ～」

レギナの言葉に反応し、いち早く立ち上がったモグートであるが、へにゃりと髭と尻尾を曲げて尻もちをついてしまった。

他のモグモグ族も気持ちは同じなのか、どこか力のない表情をしている。

無理もない。ドローバたちのせいでモグモグ族たちは集落から出ることができず、満足に食料を調達することもできていなかった。

恩義に今すぐに応えたいが、お腹が空きすぎてすぐに動ける状態ではない。

そんな心の声がありありと伝わってきた。

「だったら俺たちが料理を振る舞いましょう！　……メルシア、いいよね？」

「ええ。イサギ様ならそうおっしゃると思っていました」

俺の提案にメルシアが微笑みながら頷く。どうやらお見通しだったらしい。

俺はマジックバッグからドドンと大農園の作物を取り出した。

新鮮な作物を前にしてモグモグ族たちからどよめきの声が漏れ、視線が釘付けになる。

「……そいつは助かるが、いいのか？」

モグザがふらふらと前に進み出てきて、おずおずと尋ねる。

「何をするにもお腹を満たしてからってことで」

「お腹が空いていては力が出ないものね！　皆で一緒に料理を作りましょう！」

雇用主となるレギナの許可が出ると、モグモグ族は顔を見合わせて喜びの声をあげた。

「魔物を倒して平和になった祝いだ！」

「動けるやつは広場にテーブルやイスを並べろ！」

「家にある食器を全部持ってこい！」

「料理ができるものはお手伝いしましょう！」

モグモグ族が声をかけあって動き始める。

おのおので分配するのではなく広場に集まって宴を開くことにしたらしい。

比較的、体調のいいものが動き回り、広場にイスやテーブルなんかが並べられていく。

俺は広場にやってくると、錬金術を発動して調理台、竈《かまど》を作っていく。

「モグ!?　外に台所ができたモグ!?」

「いちいち家で調理して持ってくるのは面倒くさいでしょ？」

外で宴を開くのであれば、外で調理をしてそのまま運んで食べられるようにした方が快適だ。

他の人たちにも好きに使ってもいいと言うと、モグモグ族が嬉しそうに台所や竈を使い始めた。

「メルシア、俺たちは何を作ろうか？」

「スープを作りましょう。栄養を吸収しやすく、胃の負担にもなりにくいですから」

「わかった」

どうやらメルシアはモグモグ族に質問をして、ここ最近の食生活を聞いていたらしい。

幸いにしてまったく食べていない状態ではなく、胃袋が丈夫な種族ということもあって重湯を先に飲ませないといけないほどではないようだけど、胃に優しいものがあった方がいいには違いない。

まずはキャベツ、ニンジン、ジャガイモ、タマネギ、ソーセージを用意。

キャベツの葉は一口大にざく切り、芯は包丁で薄切りにしていく。

メルシアはニンジン、タマネギの皮を剥いて、乱切りと薄切りへとしていく。

「私もお手伝いいたします」

俺たちが下処理をしていると、ティーゼがやってきてくれた。

「では、ジャガイモの下処理をお願いいたします」

「わかりました」

用意する人数が多いので下処理とはいえ膨大な作業だ。手伝ってくれる人員は少しでも多い方がいい。

「というか、キーガスとレギナは？」

「……お二人でしたらあちらで待機しています」

苦笑するティーゼが指し示した方向を見ると、キーガスとレギナが呑気にイスに座っていた。

今は猫の手でも借りたい状況なので俺は調理の手を止めて、二人のところへ近寄っていく。

「……二人とも暇なら手伝ってほしいんだけど？」

「そいつは無理な話だな」

「なんでさ？」

「何せ俺は肉を焼くことしかできねえ！　色々と下処理だの食材に合わせた切り方なんかはさっぱりだ」

「あたしたちは何もしないことが一番の助けになっているのよ！」

ここまで開き直られると逆に清々しい。

キーガスは簡単な料理しかやらず、ほとんど外食で済ませていると聞いているし、レギナは王族なのでまともに料理をした経験がほとんどない。だけど、それでもやれる作業はあるものだ。

「いくら料理ができなくても簡単な作業くらいはできるでしょ？　キーガスはトウモロコシを塩で茹《ゆ》でて。レギナはソーセージを切ってくれるだけでいいから」

「……しょうがねえな」

「まあ、それならあたしでもできるかも……」

キーガスはトウモロコシを収穫した時に一緒に塩茹でをやっている。お湯を作って塩を入れて、そこに皮を剥いたトウモロコシを入れるくらいなら彼でもできる。

レギナは料理ができないもののまったく興味がないわけでもないので、簡単な作業から任せていけば徐々に覚えることができると思う。まあ、第一王女が料理を覚える必要があるのかは疑問であるが、できて損はない。

そんなわけでキーガスとレギナも調理仲間として引き入れると、俺は再びキャベツのカット作業へと戻る。

「イサギ様、鍋の準備をお願いします」

「わかったよ」

メルシアに頼まれ、俺は炊き出し用の巨大鍋をマジックバッグから取り出した。

錬金術で五徳を作り出し、倒れないようにしっかりとセット。

その下に乾燥した薪を組み上げると、火魔法で火を点けた。

鍋にニンジン、ジャガイモ、タマネギ、水を加えると、メルシアが茶色いブロック状の何かを投入した。

「メルシア、それは……？」

「コンソメキューブです。これを入れることによってコンソメスープのような味になります」

「え！　本当に？」

「なんだ？　その何とかスープってやつはそんなにすげえのか？」

俺の驚きを見て、トウモロコシを茹でていたキーガスが尋ねてくる。

「コンソメスープといえば、帝国では宮廷料理の一つとして提供されていたスープ料理だよ」

鶏ガラ、牛肉、牛骨、香味野菜、スパイスなどを長時間煮込み、旨みを抽出することによって、黄金色ともいわれる澄んだスープが出来上がる。

しかし、それにかかる手間は膨大で宮廷料理人でも丸二日ほど時間をかけるのだとか。

「はぁ⁉　ただのスープに二日だって⁉」

「あなたが思っているよりも料理というものには手間がかかるのですよ」

キーガスが驚きの声をあげるが、料理経験者であるティーゼは当然のものとして受け入れていた。

にしても、コンソメスープの味を、こんなキューブを入れるだけで再現することができるのだろうか？

七分ほど火が通ったところで追加の具材を入れるため、メルシアが蓋を開けた。

すると、鍋からこんもりと湯気が上がった。

「すごい！　宮廷晩餐会《きゅうていばんさんかい》で嗅いだことのある味だ！」

「そこは飲んだことのある味とは言わないのね？」

「……飲んだことがないから」

レギナが突っ込んでくるが、生憎と俺は卑しい生まれなのでそんな豪勢な料理を口にする機会に恵まれたことは一度もなかった。

「でも、作り方を知ってるってことは、メルシアは飲んだことがあるんじゃねえか？」

キーガスが素朴な疑問の声を漏らした。

確かに作り方を知っているということはそういうことだ。

ましてや、こんな風に外でも手軽に作れるようにアレンジを加えられるとなると、一回や二回飲んだことがあるレベルではない。

「……メルシアは飲んだことがあるの？」

「え、ええ、晩餐会の翌日にまかないとして出てきたことが何度か……」

おずおずと尋ねると、キャベツとソーセージを投入し終わったメルシアがちょっと気まずそうな顔で答えた。

侍女であるメルシアでさえ飲んだことがあったのに、宮廷錬金術師である俺が飲んだことがないなんて。

「……なんだか昔話を聞けば聞くほど、イサギがどれだけ不遇だったかわかるわね」

周囲から哀れみの視線が突き刺さる。

そんな視線を向けられても否定しようがない事実であった。

「今からちゃんとしたコンソメスープを作りましょう！」

「いやいや、さすがに今から二日もかけて調理するわけにはいかないからね⁉」

メルシアが火から鍋を下ろそうとするのを俺は止めた。

その心意気は嬉しいけど、お腹を空かせたモグモグ族たちを待たせるのは酷だ。

「くっ、イサギ様の初めてのコンソメがこのような手抜きなんて……」

説得を試みるが、メルシアにも譲れない矜持《きょうじ》があるらしい。

「じゃあ、村に戻ったらメルシアの作ってくれた本格的なコンソメスープを飲ませてよ！」

「――ッ！　わかりました！　その時は私が本物のコンソメスープを作ってさしあげます！」

俺の言葉はどうやらメルシアの心に響いたようだ。

今作っているコンソメスープが無駄になることがなくてよかった。

「さすがイサギ。メルシアの扱い方が上手いわね」

「その言い方は人聞きが悪いよ」

こっそりと耳打ちをしてくるレギナの頭に俺は軽くチョップするのだった。

17話　宮廷錬金術師はモグモグ族に料理を振る舞う

俺たちがコンソメスープを完成させる頃には、他のモグモグ族たちも調理を終え、各々が食事を始めていた。

通常は全員が行儀よく座り、お酒や料理が行き届いてから乾杯し、食事に手を付けるところであるが、空腹状態のモグモグ族を前にそんな堅苦しいことは酷なので自由なスタイルとした。

「こんなに美味しい料理は初めてだ！」

「というか、そのまま食べても美味しいわよ⁉」

「採掘を手伝ったらこれから毎日食えるようになるんだよな？　最高だな！」

大農園の作物を使った肉野菜炒《いた》め、煮物、焼き物などはモグモグ族たちにも大人気のようであちこちからそんな声が響いていた。

空腹は最高のスパイスというが、それを抜きにしてもうちの作物は美味しいという自信がある。

俺たちもお腹は空いているが、モグモグ族ほどではないので率先して食事を作ったり、よそってあげる係に回っている。

料理が得意なメルシアなどは巨大な鍋を振って肉野菜炒めを量産し、ティーゼは次々と野菜を串に刺しては網焼きにしている。

二人ともかなり手際がいい。彼女たちなら街で人気の大衆食堂でも即戦力として働けるだろうな。

料理がそこまで得意ではない俺とキーガスは長蛇の列を作っているモグモグ族を相手にコンソメスープを注いでいた。

メルシアが味付けをしてくれたコンソメスープは大人気であり、何度もお代わりをするために並び直す者もいるくらいである。

「すごい。大人気だね」

「確かにこのスープは美味いからな」

俺とキーガスも味見として飲んでみたけれど、とても美味しかった。

澄んだスープには野菜の旨みがギュッと濃縮されており、ソーセージの塩気とコンソメキューブによる味わいがとても心地よい。

身体に栄養が行き渡っているという充足感があり、飲むとホッとした。

メルシアは手抜きと言っていたけど、それでもこの美味しさだ。

本格的に作ったら一体どんな味になるのだろう。

作ってもらうのは少し先になるだろうが、とても楽しみだ。

期待に胸を膨らませていると、モグートとモグザが慌てた様子でやってきた。

「イサギ、イサギ！　これは一体なにモグか？」

「ああ、それはトウモロコシだよ」

「トウモロコシっていうモグか⁉　これ、とても気に入ったモグ！」

「対価とする食料に是非ともトウモロコシを入れてくれ！」

トウモロコシを手にしながらそんな主張をしてくるモグザ。

「……そんなに気に入ったのか？」

「見ろ！　この粒の輝きを！　ぷっくらと膨らんだ粒の一つ一つが黄色いダイヤのように美しい！　粒は柔らかすぎず、硬すぎない絶妙な食感！」

「一粒一粒が甘くてジューシーモグ！」

「そうかそうか！」

モグザとモグートの熱の入った感想を聞いて、嬉しそうに頷くキーガス。

何せ大農園のトウモロコシ畑は、キーガスが主に担当している。

自身が育てたものを美味しいと言ってもらえるのは、農業従事者として非常に嬉しいものだ。

「わかりました。支給品にはトウモロコシを多めに入れておきますよ」

「イサギ、ありがとうモグ！」

「どういたしまして」

トウモロコシが大好物というのであれば、割合を多めにしてあげるくらい問題はない。

「……こいつを俺たちの集落でも栽培できればいいんだがなぁ」

「トウモロコシを育てることは難しいですが、他の作物であれば育てることができると思います」

「本当モグか⁉」

トウモロコシは温暖で適度な降水があり、日当たりのいい場所が条件となるのでレガラド鉱山の中で育てるのは不可能だ。

唯一可能な手段になるのは、錬金術師である俺が付きっ切りで従事することであるが、俺はプルメニア村の大農園も抱えている身だ。

俺の身体は一つしかないので何度もこちらに足を運んで対応するのは難しい。

だけど、俺がほとんど手を加える必要のない作物であれば、栽培は可能だと思う。

「……お前さん、正気か？　ここは鉱山の中だぞ？　日当たりなんて皆無だし、気温だって低い。土壌だって肥沃なわけがねえ。こんなところで農業なんてできんのか？」

モグザはここがどれほど農業に向いていないか知っているからだろう。

モグートとは違って疑念の言葉を投げかけてくる。

……なんだか懐かしい。

ラオス砂漠に行った時も隣にいるキーガスからそんな言葉を言われたな。

チラリと視線を向けると、キーガスがバツが悪そうに視線を逸らす。

彼も同じようなことを思ったらしい。

「安心しろ。こいつは砂漠に農園を作った男だ。鉱山だろうと作物が育てられるように何とかするはずだ」

「砂漠に農園だと……？」

「砂漠ってめちゃくちゃ暑くて乾燥して水もロクにない場所モグよね？　そんな場所で農業ができるようになったモグか⁉　すごいモグ！」

キーガスの体験談を聞いて、モグザとモグートが信じられないと言わんばかりの視線を向けてきた。

「確実にできる保障はありませんし、いくつか実験に協力してもらうことになりますが、それでも構いませんか？」

安定的に農業をするための目星はつけているが、実際にそれが成功するかは試してみないとわからない。

「構わねえ。元々、農業なんてやったことがねえんだ。成功すれば儲《もう》けものくらいの心持ちでいるさ」

あまり過度な期待をされるとこちらとしても重責になるので、そのくらいの気持ちでいてくれると助かる。

「……しかし、俺たちに農業なんて教えていいのか？」

「どういう意味です?」

言葉の意図がわからず、聞き返すとモグザがやや呆れた顔になる。

「イサギたちは王家に作物を買い上げてもらってモグモグ族に渡すわけだ。もし、ここでの農業が成功し、自給自足できるようになっちまえば、いずれはお前さんたちの食い扶持が減ることになるんだぞ?」

確かにモグモグ族に農業を教えることは、大農園の利益を落とすことになってしまう。

しかし、そんなことはどうでもいい。

「構いません。それで皆さんの食生活が豊かになるのでしたら」

俺は少しでも飢えをなくしたくて錬金術による品種改良を行い、農業を行っているんだ。

モグモグ族が自給自足できるようになり、食生活が豊かになるのであれば、これに勝る喜びはない。

きっぱりと告げると、モグザが呆れ顔から心配げな顔へと表情を変えた。

「……お前さん、バカだとかお人よしだとか言われねえか?」

「よく言われます」

自分が綺麗事を言っているのは理解しているし、偽善だと思われるかもしれない。

それでも身近に苦しんでいる人がいるのであれば、何とかして助けたいんだ。

だから、どう言われようと俺は選択を変えることはない。

「ハハハ！　イサギはこういうやつなんだよ！　変に肩肘張って警戒するだけ無駄だぜ？」

キーガスが陽気な笑い声をあげながら俺の背中をバシバシと叩いた。

相変わらず力が強いので背中が痛い。

彼のそんな言葉は過去の経験からきているのだろう。

「……どうやらそうみてえだな。外の人間なんてロクなもんじゃねえと思っていたが、お前たちは違うようだな」

キーガスの言葉を聞いたモグザは、どこか毒気が抜かれたような穏やかな表情を浮かべた。

18話　宮廷錬金術師はアダマンタイトを発見する

モグモグ族に料理を振る舞った日はモグザの厚意によって宿泊することになり、その翌日。

早速、モグモグ族の集落で農業を始めるための実験をやりたいところであるが、ここにやってきたのはライオネルから調査の命を受けてのこと。

そんなわけで、俺たちは改めて鉱山の調査をすることになった。

「おいらが知ってる採掘場所に案内するモグ！」

「よろしく頼むわね」

威勢のいい声をあげて先頭を歩くのはモグート。

昨日の宴で栄養のつく料理をたくさん食べて、ぐっすりと眠ったからか人一倍元気のようだ。

彼は戦闘力は低いが、鉱山の中にとても詳しい。

先日の討伐戦でも的確に俺たちを導いてくれたので、その能力は信頼している。

今回の調査にも同行してくれるのはとてもありがたい。

モグートについていって坑道を進んでいくと、前方にぬるぬると蠢《うごめ》くシルエットと何かを引きずるような音がした。

光球を飛ばしてみると、ドローバが五体ほどいた。

「ひぇえ！　ドローバだモグ！　なんでまだいるモグか⁉」

ドローバを見たモグートがすぐに後ろにいたキーガスの身体に抱き着き、素早い動きで肩に登った。キーガスは鬱陶しそうにするが無理矢理剥がすつもりはなく受け入れた。

「恐らく、昨日の残党でしょう」

ドローバを見て、メルシアが冷静に推測する。

統率していた泥人形を倒したものの、逃げたドローバはそれなりにいる。

坑道の中で遭遇してもおかしくはない。

「残っているとまた悪さをするかもしれないし討伐しておきましょう！」

レギナが駆け出して身の丈ほどの大剣を振り下ろすと、ドローバの右胸にあった魔石が砕け散る。後ろにいた個体が泥を吐き出してくるが、レギナは冷静に大剣の腹で逸らすと、一気に踏み込んで右胸を一突き。

キーガスは頭にモグートを乗せたまま走り出すと、豪快にトマホークを振るって二体のドローバを吹き飛ばす。勢いよく壁に叩きつけられた衝撃でドローバを構成していた泥が派手に飛び散り、魔石を露出させたところを柄で破壊した。

残っていた最後の一体は一連の行動を起こしている間に、ティーゼによって射抜かれていた。

瞬く間にして五体のドローバが土へと還る結果となった。

俺とメルシアが手を出すまでもない。

「こんなもんか」

「手応えがないわね」

あっさりと終わってしまった戦闘にキーガスとレギナが不満そうだ。

「統率していた泥人形がいなくなった影響だろうね」

昨日は俺たちを追い詰めようと明確な意図をもって襲いかかってきていたが、上位個体を失ったドローバは意思がバラバラなので連携もなく、とても倒しやすかっただろう。

逆にいえば、上位個体がいるのといないのとでは、それほどまでに戦闘に差が出るということだろう。おっかない魔物がいなくなって本当によかったと思う。

「ここがおいらの知っている一つ目の採掘場所モグ！」

そんな風にちょくちょくと現れるドローバを討伐しつつ坑道を進むと、俺たちは一つ目の採掘場所にたどり着いた。

「狭えな」

モグートにとっては問題ない広さだが、俺たちからすると少し手狭だ。

幅は大人二人がすれ違えるかどうかといった具合なので体格のいいキーガスはギリギリだ。

まあ、無理に拡張するほどではないだろう。

周囲の様子を確かめると、俺は壁に手をついて錬金術を発動させる。

「……本当だ。ここには分厚い鉱脈があるね」

「イサギはそんなことがわかるモグか⁉」

「うん。錬金術を使えば、具体的にどの辺りにあるかもわかるよ」

「すごいモグ！」

モグートからのキラキラとした尊敬の眼差しが眩《まぶ》しい。

モグモグ族にとって鉱脈がわかるということは、それだけ尊敬に値する能力のようだ。

「とりあえず、採掘してみようか」

「だな！」

鉱脈がわかれば、あとは提出用にいくつかのサンプルを採掘するまでだ。

昨日と同じように皆にツルハシを渡すと、俺の指示した場所を掘っていってもらう。

「モグートもツルハシを使うかい？」

「いや、おいらには爪があるモグ！」

ツルハシを渡そうとすると、モグートは丸っこい両の手からジャキッと爪を生やした。

想像以上に長く鋭利な爪が出てきたので俺は驚く。

普段は邪魔にならないように爪を収納しているようだ。

「いくモグよ〜！」

モグートが壁に向かって爪を突き立てると、あっさりと土壁が切り刻まれていく。

硬い岩盤に突き当たろうがお構いなしだ。

その採掘速度は力自慢であるレギナやキーガスを大幅に上回っている。

あまりにもすごい切れ味なので鉱石類が切り刻まれていないか心配になるが、その辺りは問題ないようで足元に鉱石類が転がっていた。

三メートルほど壁を掘り進めたところでモグートは穴掘りを中断し、腕の中に大量の鉱石類を抱えて出てきた。

「イサギの言う通り、ちゃんと出てきたモグ！」

「確認させてもらうね」

モグートが採掘してきたものを俺とメルシアは一つ一つ手に取って確認していく。

鉱石を仕分けていると、俺はその中で濃藍色の光沢を放つものを見つけた。

「これはアダマンタイトじゃないか……ッ！」

「ええっ⁉　ここってアダマンタイトが採れるの⁉」

「マジかよ！」

「……んん？　この硬くて青い石はそんなにすごいモグか？」

俺たちが驚きの声をあげるが、よく知っているはずのモグートが小首を傾げた。

「最高峰の硬度と魔力抵抗を誇る稀少鉱石なんだけど……」

「へー、おいらたちの集落では大して使い道のない石ころモグ」

モグートによるとアダマンタイトは集落から近い位置ではかなり掘れるらしい。

硬くて使い道がないので集落でも適当に積み上げられているようだ。

あまりの扱いにレギナとキーガスは顔を引きつらせる。

どんなに稀少鉱石であったとしても使い道がわからなければ意味がないということだろう。

「まあ、アダマンタイトが採れるってわかっただけでも嬉しいことじゃないですか！」

「そ、そうね！　これからは獣王国に行き渡るようになるわけだし！」

ここでは鉄鉱石、黒鉱石、灰鉱石、重晶石しか取れないと思っていたが、新たに有用な鉱石が見つかったわけだ。これで増々レガラド鉱山の価値は上がったと言えるだろう。

「よーし、あたしもアダマンタイトを掘るわよ！」

「ああ、アダマンタイトが採れるなんて夢のようだぜ！」

ティーゼのフォローによってレギナとキーガスが採掘を再開。

「イサギ様、私たちも採掘しましょう。アダマンタイトはあって困ることはないですから」

「そうだね」

帝国との戦いで大量の武装ゴーレムを生産したのと、魔力大砲による一撃を防ぐために使用したので俺のマジックバッグにはアダマンタイトがない。

すぐに使う予定はないが万が一を考えておくと、いくつか先に補充させてもらうのが得策だろう。ライオネルからお零れの許可は貰っているし、これも調査員の特権というものだ。

俺は錬金術で壁を掘削する。

鉱脈の位置はわかっているので次々と鉄鉱石に混ざって、アダマンタイトが零れ落ちてくる。

掘れば掘るほどアダマンタイトが出てくる光景は爽快だな。

「うひょー！　アダマンタイトがバカみてえに出てきやがる！」

「これだけあれば、あたしの部隊全員にアダマンタイト製の武具を支給できるわよ！」

キーガスとレギナもゴロゴロと出てくるアダマンタイトを前に大興奮の様子。

レディア砦に詰めているレギナの部隊って、軽く三百人くらいはいたよね？

「アダマンタイトを加工できるのはイサギさんだけなので、また忙しくなりそうですね？」

俺の考えていたことを見透かすようにティーゼがくすくすと笑った。

「これ以上の製作案件はお腹がいっぱいかも……」

今後を見据えると、その案件もやるべきことではあるのだが、できればもうしばらくは農業と自分の趣味の魔道具作りに没頭したいものである。

「ティーゼさんはあまりアダマンタイトに興味はないのでしょうか？」

苦笑していると、隣にいるメルシアが尋ねた。

レギナやキーガスは大興奮しているが、ティーゼは特に強い興味を示した様子がない。

彼女の温度の低さが俺は気になった。

「確かにアダマンタイトは優れた防具になりますが、私たちの戦闘スタイルですと合いませんから」

「ああ、確かにアダマンタイト製の防具は重量がありますからね」

ティーゼの言葉の意味が一瞬理解できなかったが、メルシアの補足するような言葉で理解した。

彩鳥族はその身軽な身体を活かして、空を機敏に動き回る種族だ。

アダマンタイト製の防具をつけることで速度の低下が生じてしまうことに強い抵抗を覚えているのだろう。

「速度の低下が気になるのでしたら錬金術で調整できますよ？　シート状に加工し、胸鎧の表面につければ重さも気にならず、最低限の致命傷は防ぐことができます」

などという提案をすると、

「そんなことができるのですか！　であれば、私もアダマンタイト製の防具が欲しいのでたくさん掘っておきます！」

ティーゼはレギナとキーガスと同じように目を輝かせて採掘をする。

「イサギ様、ご自分から仕事を増やしていらっしゃいますよ」

「あっ」

錬金術師の性《さが》が出てしまい、ついうっかりと言ってしまった。

でも、これぱっかりは仕方がない。職業病のようなものなのだから。

19話　宮廷錬金術師は魔水晶を採取する

モグートに案内してもらっていくつかの採掘場所を回ると、アダマンタイト以外にも魔鉄、魔鋼といった種類の鉱石も採掘することができた。

レガラド鉱山で採掘できる鉱石のすべてを採取できたわけではないだろうが、上層から中層に至る部分の鉱石はおおよそ採取できたと判断していいだろう。

「これで採掘場所は全部かな？」

「最後に一つとびっきりの場所が残ってるモグ！」

アダマンタイトに興味を示さず、モグモグ族が何を採掘しているのか非常に気になる。

ここで聞き出せばすぐに回答は得られるが、せっかくサプライズを用意してくれているのであれば無理に聞き出す必要はない。

前を進んでいくモグートについていき二回ほど坑道を曲がり、小さな横穴を三回ほど潜り抜ける。その先には半径三メートルほどの穴があった。

穴の先は真っ暗で光球を飛ばしてみても、下がどうなっているかわからない。

どこからか風が流れているようでビュウウと音がする。

「ここを降りるモグ！　楽しいモグよ！」

短い腕で穴を指さすと、モグートは穴の中に降りていった。

残された俺たちは顔を見合わせる。

「楽しいって何かしら？」

モグートが安全だと言ってくれているが、完全に底が見えない穴の中に降りていくのは少し怖い。

降りる前に俺は地面に手をついて錬金術を発動。

魔力によるソナーを放って、穴の構造を読み取ってみる。

「……なるほど」

「どうなんだ、イサギ？」

キーガスが尋ねてくる。

穴の先の構造はわかったが先に言ってしまえば、面白くないかもしれない。

「うん、とりあえずは安全だよ」

「なんか引っ掛かる物言いだな？」

「じゃあ、俺は先に行くよ」

「あ、おい」

怪訝な視線を向けてくるキーガスから逃げるようにして俺は穴の中に飛び込んだ。

錬金術で読み取った通り、穴の中は途中から斜めになっており、地面にお尻がつくと勢いよく滑り落ちていく。全身に風圧を感じながら螺旋状《らせんじょう》に変化している滑り台を何十メートルと進むと、俺は下の階層へとたどり着いた。

「どうだったモグ？」

「楽しいね！」

最初から穴の構造がわかっていなければ、情けない悲鳴をあげていたことだろう。

「皆の反応が気になるからここで待っておこう」

「わかったモグ！」

俺とモグートは穴の出口から少し離れた位置で次にやってくる人物を待つ。

「どわあああああああああっ⁉　ぶへっ⁉」

ほどなくすると野太い悲鳴が聞こえ、出口からキーガスがうつ伏せに倒れる形で排出された。

「どうだい？」

「てめえ、イサギ！　こういう構造だってわかってて黙ってやがったな⁉」

「知らずに降りた方がドキドキするでしょ？」

「ったく、こうなるんだったらレギナを先に行かせるべきだったぜ」

ニヤリと笑みを浮かべながら言うと、キーガスは毒気が抜かれたように頭をかいた。

キーガスが降りてくると、ほどなくしてレギナ、ティーゼ、メルシアが降りてくる。

彼の悲鳴が聞こえていたせいで何か仕掛けがあるとわかっていたのだろう。

三人はキーガスのような慌てた反応を見せることなく、楽しげな表情だった。

「なるほど。こういうことだったのね？」

「言わない方が楽しめるかと思ったんだ」

「安全だとはわかっていましたが、それでも構造に驚きました」

メルシアの表情はあまり動いていないが後ろでは尻尾がゆらゆらと揺れていた。

一応は楽しかったらしい。

「私は誰かさんの情けない悲鳴が聞けて楽しかったです」

「おお？　喧嘩売ってるのか？」

ティーゼとキーガスが軽く言い合っているのは毎度のことだ。

最初はそんな光景を見てヒヤリとすることも多かったが、最近では平常運転だと思えるくらいになったので慣れてきたものだと思う。

「それでここがとびっきりの場所なのかしら？」

「あっちに行けばわかるモグ！」

斜面を体験したところでモグートについていくと開けた場所になっており、そこだけやたらと明るかった。

光球を飛ばしてみるとフロアには紫水晶があちこちに生えており、美しい光を放っていた。

「わー！　紫水晶がいっぱいだわ！」

「綺麗です」

レギナが感嘆の声をあげ、メルシアがうっとりとした声を漏らした。

「これは何なんだ？」

「これは魔水晶モグ！　加工すればとっても綺麗な装飾品になるモグ！」

モグートが近くにある魔水晶を採取すると、両手の爪を使ってカッティングしていく。

ほどなくすると、モグートの手元には見事な輝きを放つ魔水晶が生まれた。

「おおおおお！　こんな一瞬で研磨するなんてすごいね！」

「そうモグか？　モグモグ族だったらこれくらいは当たり前モグ！」

謙遜しているが褒められて嬉しいらしい。くねくねと身体を揺らしていた。

集落の様子からモグート族は手先が器用だとわかっていたが、まさかこれほどの加工技術を持っているとは驚きだ。

「モグモグ族の方は普段は宝石の研磨をしているのですか？」

「モグ！　暇な時は他の鉱石や宝石と掛け合わせて、装飾品なんかを作っているモグ！」

誰にも見つからないように鉱山に逃げ込むことになったので当然それを売る相手もいない。

なんと贅沢《ぜいたく》な趣味だろうか。ちょっとだけ羨ましい。

「しかし、この魔水晶には魔力がこもっているようですが、他に使い道はないのでしょうか？」

ティーゼが魔水晶を観察したあとにこちらに振り向いた。

レギナ、キーガスからも説明を求めるような視線が飛んできたので俺は口を開く。

「別の使い道を考えるとすれば、魔道具だね。魔水晶は魔力を長期間保存する特性があるんだ」

「え？　そんな特性があるモグか？」

俺の説明を聞いて、モグートがそんな間抜けな声をあげた。

アダマンタイトをただの硬い石だと思っていたり、魔水晶を綺麗な水晶と思っていたりとモグモグ族はどこか抜けている気がする。

まあ、外部との接触がなければ気付かないのも無理はないのかもしれない。

モグモグ族は他の獣人族と比べると、ひときわ魔力量が少ない。

恐らく、魔力使用や知覚も低いのだろう。

「つまり、装飾品として加工し、そのあとに錬金術で魔法陣を刻めば魔道具として機能するってわけさ」

「それってすごい水晶じゃない！」

「うん。魔水晶を使った魔道具があれば、特別な処置が必要な作物でも簡単に育てられるようになるよ」

獣人たちは細かい魔力操作が苦手なので特殊作物の栽培には向いていない。

しかし、魔水晶を利用した魔道具が大量に手に入れば、俺じゃなくても特殊作物を栽培することができる。これは大農園にとって大きな前進だ。

「これだけの性能を誇るというのに、真っ先に農業のことを考えるのがイサギさんらしいですね」

「えー？　そうかな？」

「そうだぜ。普通は戦いに使える魔道具だったり、自身の身を守るための魔道具を考えるだろ？」

「確かにそういう使い道もあるけど、せっかく魔水晶を使うんだったら繊細な効果を発揮する魔道具へと転用したいかな」

あくまで魔水晶は補助装置みたいなもので軍用魔道具のような攻撃性が高く、必要とされる魔力が膨大な魔道具への転用は向いていない。別にそういった魔道具を使うんだったら他の素材でもいいわけだからね。

ただ見た目が綺麗な紫水晶にしか見えないので、装飾品に見せかけた魔道具運用という点では利用する価値が高いと思う。

帝国の陣地に潜入した時に使用した、カラーピアスなんかも魔水晶を使っているしね。

「ということは、おいらたちすごく勿体ないことをしていたモグか⁉」

「装飾品として完成させたものでも錬金術で魔道具化できるものがあるかもしれない。集落に戻ったら時間がある時に見せてくれると嬉しいな」

「わかったモグ！」

俺もモグモグ族が作ったという装飾品がどのようなものか単純に気になるからね。

「そんなすごい水晶ってわかったら採掘しないわけにはいかないわね！」

「おお！」

稀少な水晶の採取だけあって、レギナ、キーガス、ティーゼの意欲もとても高いようだ。

こちらは地中だけじゃなく表面にたくさん生えているので、俺が指示する必要もない。

三人はテキパキと動いて魔水晶を採取する。

「イサギ様、サンプルとして私たちもいくつか採取しておきましょう」

「うん、そうだね！」

俺は周囲に群生している魔水晶を眺めると、その中でひと際質のいい物を見極めて採取する。

「それにしてもアダマンタイトといい、魔水晶といいレガラド鉱山にはかなり稀少な鉱石類が眠っていますね。ルドルフ様はこのことをご存知だったのでしょうか？」

「多分、知らないと思うよ。把握していたら賠償とはいえ、帝国の上層部がレガラド鉱山を手放すのを許すはずがないから」

「……それもそうですね」

俺の見解を述べると、メルシアは深く同意するように頷くのだった。

20話　宮廷錬金術師は経緯を聞かれる

モグモグ族が知っている主な採掘場所は魔水晶のところが最後だったらしく、俺たちは魔水晶の採取を終えると調査を切り上げることにした。

レガラド鉱山のすべてを調査できたわけではないが、上層から中層に至る範囲での主な採掘場所は把握できたし、産出される鉱石の種類も大まかにわかったのでこれで十分だとレギナが言ってくれた。

残りの細かい場所はモグモグ族に採掘を進めてもらいながら調査をし、下層についてはまた改めて調査をするとのことだった。

そんなわけでライオネルから頼まれた調査は無事に終わったということなので、俺たちは一度プルメニア村に戻ることに。

ティーゼにバスケットで運んでもらって麓まで降り、ゴーレム馬を二時間ほど走らせると俺たちはプルメニア村に戻ってきた。

「二人とも今日はありがと！」

「いえ、こちらこそ有意義な時間でした」

「また鉱山に行く時は呼んでくれよな！」

家の近くまで帰ってきたところで販売所に泊まっているティーゼとキーガスとは別れた。

「ねえ、今日は二人の家に泊まってもいい？」

「うちに？　販売所か宿の方が広いと思うけど？」

レギナがプルメニア村に宿泊する時は、どちらかの施設を利用している。

うちもそこそこの広さがあるが、客人が快適に過ごせるかと言われると微妙だ。

「広さなんてどうでもいいわ。それより気を遣わないでいれる方が楽なのよ」

こっちには俺とメルシアがいるんだけど、長い期間を一緒に過ごしていたので気を遣う必要がなくて楽なのだろう。

視線を向けると、メルシアがこくりと頷いた。

客人が増えるとなると負担があるのはメルシアだが問題ないらしい。

「わかった。なら今日はうちでよければ泊まっていってよ」

「やったー！　ありがとう！」

そんなわけでレギナという客人を加えて、俺たちは家に帰ってきた。

「ただいまー！」

リビングに入るなり、レギナが我が物顔でソファーへと飛び込んだ。

メルシアは台所で手を洗うと、冷やしたブドウジュースをグラスに注ぎ、俺とレギナの前へと差し出してくれた。

礼を言うと、メルシアはにっこりと微笑んで台所に戻る。

きっと夕飯の準備をしてくれるのであろう。

「ほら、冷たいブドウジュースだよ」

「ジュース！」

だらだらとしていたレギナはむくりと上体を起こすと、冷たいブドウジュースを口にして「ぷはぁ」っと豪快に息を漏らした。

実にリラックスしている様子だ。

「メルシアがいるから泊まりにきたんでしょ？」

「それも理由の一つでもあるわね！」

ジトッとした視線を向けると、レギナはあっさりと白状した。

メルシアは帝城で働けるほど優秀なメイドだ。

王族としてもてなしてもらうのにこれほど快適なものはない。

「理由の一つって他に大きな理由があるの？」

「ええ！　二人の関係が進んだ経緯について聞きたくて！」

「――ッ⁉」

レギナの言葉にブドウジュースを危うく吐き出しそうになった。

戸棚を漁っていたメルシアも動揺し、鍋を取り落としそうになっている。

確かにそういえば、俺たちが恋人になったのをレギナは非常に気にしていた。

前に経緯をじっくり聞かせてほしいと言っていたが、あれから尋ねられることがなかったので忘れていると思っていた。

「ねえ、いつの間に付き合ったの？　告白したのはどっち？」

レギナがずいっと近寄ってきながらまくし立てる。

その瞳は爛々《らんらん》と輝いており、俺たちの恋愛事情が非常に気になっているようだ。

「俺、湯船の準備をしてくるよ！」

このままだと玩具にされてしまう。そう感じた俺はリビングを脱出することにした。

しかし、レギナが素早く腕を伸ばし、俺の腕を掴んだ。

「別に湯船の準備くらいあとでいいわよね？　それに今日はあたしも泊まるもの。逃げたとしても無駄よ？」

腕がガッチリと掴まれており、とてもじゃないが振りほどくことはできない。

悲しいかな。ここにいる中で俺は間違いなく最弱だった。

「メルシアもお料理しながらでいいから会話を楽しみましょう？」

「……はい」

同じ家に寝泊まりする以上、ここで逃げたとしても無駄だ。

俺とメルシアは観念し、レギナの質問に答えていくのだった。

恋仲になった経緯を一通り聞いたレギナは、満足した様子で俺の背中を叩いてくる。

「イサギもやるじゃない！　てっきりメルシアから告白したかと思ったわ！」

「まあ、俺も男だからね……」

帝国との戦いがなければ自分の気持ちに気付かず、ズルズルとした曖昧な関係が続くようなケースもあり得たかもしれないが、そこは言わないでおこう。

「コホン……お二人とも料理ができました」

会話に区切りがついたところでメルシアがお皿を持ってやってくる。

彼女の頬がちょっとだけ赤いのは告白の時を思い出しているからだろう。

「ロックホーンのトマホークステーキです」

「わーい！　ちょうどお肉を食べたい気分だったのよね！」

モグモグ族の集落の宴でも肉料理はあったが、とんでもない人気のせいであまり食べることはできなかった。

野菜を中心とした食事ばかりを摂っていたのでガッツリと肉を食べたい気持ちは俺も同じだった。

テーブルの上にはロックホーンのトマホークステーキ、サニーレタスサラダ、焼きたてのパン、コーンスープと実に色彩も鮮やかだ。見ているだけでお腹が空いてくる。

「それじゃあ、いただくよ」

「どうぞ」

最初に手を伸ばすのはロックホーンのトマホークステーキだ。

ロックホーンの肉を食べるのは初めてだが、一体どんな味がするのだろう。

斧《おの》のような形をした骨付き肉を手で持ち上げると豪快にかぶりつく。

「ッ！　美味しい！」

噛《か》み応えのある肉質をしており、歯を突き立てる度に肉汁が溢れてくる。

赤身と脂のバランスがちょうどいい。

横側には切れ込みが入っており、カリカリになるまで炒められたガーリックが入っていてとても香ばしかった。

ロックホーンの肉自体は、あっさりとした牛肉といった感じだ。

臭みも少なく非常に食べやすい。

「弾力がかなり強いけど、お肉を食べているって感じがしていいわ！」

確かにロックホーンの肉は弾力があるが、かなり強いと思うほどだろうか？

「イサギ様の分は、少し柔らかめにしております」

「そうなんだ。ありがとう」

小首を傾げていると、メルシアが教えてくれる。

獣人である二人に比べると、俺の噛む力は弱い。

その種族差を理解し、メルシアは俺でも食べられるように調節してくれたのだろう。

とてもありがたい気遣いだ。

「この独特な辛みのあるスパイスもいいわね」

「うん。既存のスパイスとは違う感じがする……」

表面にかかっている赤い粉。

何種類もの香辛料やハーブが混ざっている複雑な味わいだ。こんなスパイスは食べたことがない。

「そちらはシーズニングスパイスです」

「……シーズニングスパイス？」

よく意味がわからないのかレギナがカタコトで呟《つぶや》く。

「ラオス砂漠で手に入れた香辛料やハーブに、塩、調味料などをブレンドしたものです」

「つまり、メルシアのオリジナルスパイスなのね！」

「はい。色々な料理に使える万能のスパイスが欲しいと思いまして、暇な時間を見つけては色々と試しております」

懐からいくつもの種類のシーズニングスパイス瓶を取り出すメルシア。

いや、メルシアって俺の身の回りのお世話に、大農園の管理、ワンダフル商会をはじめとする外部からの商人との打ち合わせとやることがかなりあるよね？　そんな多忙な中、どうやってそんな時間を捻出できているのか不思議でならない。

うちのメイドはどれだけ優秀なんだ。

「肉料理の他にもアヒージョ、サラダなどにかけるだけで美味しくなります」

「あっ、本当だ！　サニーレタスにもかかってる！」

オリーブオイルとシーズニングスパイスをかけているだけなのに、サニーレタスがとても美味しい。

瑞々しく甘みのあるレタスに塩けと酸味のあるスパイスの相性は抜群だ。

「この味好きだわ！」

「よろしければ、いくつか差し上げますよ。調合率は後ほど紙にしてお渡ししますね」

「ありがとう、メルシア！」

シーズニングスパイスを差し出すと、レギナが嬉しそうに受け取る。

料理があまり得意ではないレギナであるが、お肉を焼くくらいのことはできる。

メルシアの作ってくれたシーズニングスパイスさえあれば、いつでもこの味を再現することができるだろう。

「イサギは本当にいいお嫁さんを持ったわね」

「うん、それはいつも思うよ」

「……告白の話は恥ずかしがるのに、そういうところは恥ずかしがらないのね」

「だって事実だし」

きっぱりと俺が告げる中、メルシアは耳を赤くしながら俯いてトマホークステーキを食べていた。

21話　宮廷錬金術師は後継者について考える

「レギナ、これ鉱山に関する書類」

「ありがとう、イサギ！　助かるわ！」

翌日。朝食を食べ終えた俺は、レガラド鉱山に関する書類をレギナに渡した。

「って、あれ？　この書類、全部書かれていないんだけど？」

「そりゃそうだよ。俺はただの錬金術師なわけだし」

俺は解析した鉱石や素材のデータを資料として添付し、錬金術師としての見解を述べるまでだ。第一王女であるレギナが同行しているのであれば、最終的な責任者は彼女になるだろう。

俺には獣王国の経済状況や鉱山状況はまったくわからないし、モグモグ族を正式に王家で雇用すると言い出したのはレギナだ。これらをすべてまとめた上でレギナが提出する方がいい。

「ええー、あたしこういう書類の作成って苦手なんだけど……」

俺に書いてほしいのだろうか、レギナがちらちらと期待するような視線を向けてくる。

身体を動かす方が得意なレギナの書類作成能力は、ライオネルと同じのようだ。

「ごめんね。今日は俺たちもやることがあるから」

レガラド鉱山で手に入れた鉱石類の精錬や、素材の解析をしたり、モグモグ族の集落でもできる農業のやり方を考えたりしなければいけない。

メルシアは俺の補助や大農園の管理とやらなければいけないことはたくさんある。

「しょうがない。一人で頑張ってみるわ」

苦手ではあるが責任感はあるのだろう。

レギナは肩を落としつつも客室に戻って書類作成を始めた。

「さて、俺たちは大農園の様子を見に行こうか」

「そうですね」

俺とメルシアは家を出ると、すぐ近くにある大農園へと足を踏み入れた。

メルシアは近くで作業をしていたネーアを捕まえると、俺たちが不在だった間の大農園の様子をヒアリングし始めた。

俺はゴーレム馬に乗り込むと、調整が必要な畑へ移動していく。

それぞれの作物の様子を確認。病気や虫害などがないかは従業員が日々確認してくれているため俺は生育に異常がないかなどを主に確認する。

大農園に植えられている作物は地下の実験農場でのテストを潜り抜けたものばかりであるが、完璧に同じ環境を再現できるわけではない。ちょっとした違いによって起こる差異は、こちらが調整してやる必要があるからね。

「うん、問題ないみたいだ」

今月、新しく植え始めた作物も安定しているようだ。特に異常はない。

そのあとは生育の様子を見ながら追肥をしたり、錬金術で因子を少しだけ調整したりといった細々とした調整と記録をすると、大農園での大まかな俺の仕事は終わりだ。

「……あとは食料の補充をしておこうかな」

食料危機を迎えていたモグモグ族に支援をしたために、マジックバッグ内の食料は半分以下となっていた。

後ほど王家から正式に買い取りがくるだろうし、早めに用意しておいた方がいい。

そんなわけで俺はゴーレム馬に乗ると、トウモロコシ畑に移動する。

モグモグ族は大農園の作物の中でも特にトウモロコシが気に入った様子だったので、こちらは早めに確保しておくのがいいだろう。

俺が作業用ゴーレムを連れて畑に入ると、どうやら先客がいたようだ。

「あれ、キーガスじゃないか」

「イサギか！　ちょうどよかったぜ。モグモグ族の奴らの反応を見て、収穫できるものはしておいた方がいいと思ってよ」

そういってキーガスはトウモロコシが入っているコンテナを持ってきた。

「おお、助かるよ！」

どうやらキーガスも俺と同じ考えをしており、先に動いてくれたようだ。

トウモロコシを収穫する手間が省けた。

「お前は他にもやることがあるんだろ？　こっちの細かい事は俺たちに任せとけ」

「じゃあ、モグモグ族の集落で消費した追加の食料調達もお願いできるかな？」

「わかった。やってやるよ」

食料補充についてキーガスに任せると、俺はゴーレム馬で工房へと戻る。

大農園で働いて間もないキーガスがこんな気の遣い方をしてくれることにビックリだ。

彼も従業員の一員として日々、やれることを考えてくれているのだろうな。

工房に戻ってくると、俺はレガラド鉱山で手に入れた素材をマジックバッグから取り出す。

「イサギ様、何かお手伝いできることはありますか？」

素材の仕分けが終わったところでちょうどメルシアが帰ってきた。

「泥の解析をしたいから手伝ってくれるかい？」

「かしこまりました」

素材の中で特に気になっているのはドローバ、泥人形、泥沼から採取した泥だ。

「イサギ様はモグモグ族の集落で農業をするにあたって、これらの泥を活かせないかと考えているのですよね？」

「うん、泥は上手く利用すれば、いい肥料になるからね」

そのまま利用しても問題ないのか、少し手を加えれば利用可能なのかその辺りをしっかりと確かめたい。

「イサギ様がお作りになった土や肥料を渡せば、すぐにでも農業は可能かと思いますが、それではダメなのですよね？」

「うん。俺一人だけの力で成り立つ農業は危ういから」

プルメニア村とレガラド鉱山の道のりを考えると、毎日のように俺が通うわけにはいかない。

俺がいなくても、せめて少しの顔出しだけでやっていけるだけの農業体制を確立しておきたい。

「俺の他にも錬金術師がいれば、そこまで考える必要はないのかもしれないけどね」

「後継者となる錬金術師ですか……」

メルシアが神妙な顔で呟く。

現状、プルメニア村に錬金術師は俺だけしかいないし、後継者が現れるかも不明だ。

「獣人族は絶対的な魔力量が少ないし、魔力操作が苦手な人が多いからね」

ライオネルも国内から適性のある者を探しているようだが、上手くいっていないらしい。

獣王国ではそもそもの錬金術師の絶対数が少ないらしく、獣王都以外では職業の存在すら知られていないことも多いようだ。それなら勧誘が難しいのも仕方がない。

いっそのこと魔力適性の高い人を呼んでもらって育成した方がいいのかな？

「では、私とイサギ様の子供でしたらどうでしょう？」

「え？」

メルシアからの思いもよらない言葉に俺の頭が真っ白になる。

「親の魔力量は子に遺伝しやすいと聞きますし、私とイサギ様の子供でしたら十分な魔力量を保有している可能性がありますす」

でも、子供を作るには子作りをしないといけないわけで……そんな風に思考を巡らせた瞬間、工房の出入り口が勢いよく開いた。

「ねえ、資料でわからないところがあるんだけど——あれ？　もしかして、邪魔しちゃった？」

レギナに言われて視線を巡らせると、俺とメルシアの距離はとても近かった。

真正面から見つめ合っていたので第三者から見れば、今にもキスをしようとしているように見えたかもしれない。

俺とメルシアは慌てて距離を取る。

「そ、そんなことはないよ！」

「本当？　あたし、そういうことには理解はあるわよ……？」

レギナからの猜疑《さいぎ》を孕《はら》んだ視線。

なんだろう。別にやましいことをしていたわけじゃないのに心臓がドキドキする。

「真剣な話をしていただけだから。普通に家にいてよ」

「そ、そう？」

レギナの誤解を解き、俺は資料についての細かい説明をする。

「ありがとう。もう大丈夫そうだわ」

「ならよかった」

満足のいく回答が聞けると、レギナは工房から退出する。

が、扉に手をかけたところで振り返ってニヤリと笑う。

「あたしは書類仕事が終わったら一度砦に戻るからね？」

「はいはい、わかったよ」

誤解を解いたつもりだったが信じてもらえなかったようだ。

パタリと扉が閉まると工房内は再び俺とメルシアだけになった。

「…………」

メルシアは無言であるが、何かしらの回答を求めているような気がする。

「後継者については考えておくべきだけど、すぐにできることじゃないから今は確実にできる方法を進めていこう」

「わかりました」

まったく考えていないわけではないことを告げると、メルシアはとりあえず納得してくれたようで頷いた。

22話　宮廷錬金術師は泥素材を解析する

「さて、泥の解析をするよ」

気を取り直して、俺たちは本来の作業を進めることにする。

ドローバ、泥人形、泥沼の泥、これらにどれだけ違いがあるのか鑑定だ。

これらの泥に違いはあるのか？　共通点はあるのか？

物質の構成を読み取りながら探していき、紙に記録していく。

「やっぱり、ドローバたちに含まれる泥は作物を育てるための栄養が豊富だ！」

窒素は葉や茎の成長を促進。

リンは根や種子、果実の成長を促進。

カリウムは植物の全体的な生命力を高めてくれる。

これらは植物にとって主要栄養分であり、作物を育てるのにとても役立ってくれる。

「それだけでなく魔力も含まれているのですね」

「うん、特に泥人形から採取できた泥はすごいね！　栄養素が特に豊富で含まれている魔力の純度も高いよ」

この泥を肥料として扱えば、作物をすぐに育てることができるかもしれない。

「鉱山から採取された泥ですが、金属などの有害成分は問題ないのでしょうか？」

「微量に含まれているけど、植物や人体に影響を及ぼすものではないね」

錬金術でしっかりと確認したが、そういった有害物質は大量に含まれてはいない。

仮に気になったとしても俺が錬金術で抽出できるので問題はなかった。

「では、このまま肥料として使えるということでしょうか？」

「うん。だけど、このまま使用するのが最善なのかは試してみないとわからないね」

錬金術で物質の配合を変えるのがいいのか、水分を抽出した方がいいのか、乾燥させた方がいいのか、魔力水に浸した方がいいのか、薄めた方がいいのか。試してみるべきことはたくさんある。

「とりあえず、サンプルとしてこのままの状態で試してみようか」

「そうしましょう」

色々と加工する方法はあるが、一周回ってそのまま使用するのがいいということもある。

これらの泥を使用すれば、どのくらいの効果があるのかまずはそれを試してみたい。

俺とメルシアは三種類の泥が入った瓶を手にすると、地下へと続く階段を降りる。

地下ではあるが通路の中はとても明るい。

その理由は実験農場で使われている太陽の光を吸収し、それを放つ魔道具があるからだ。

この魔道具のお陰でここは常に明るく、陽気な日差しに照らされていた。

こういった実験をするために常に空いている畝《うね》は作ってある。

「まずはドローバの泥から試したいけど、どれくらいの量を撒けばいいんだろ？」

泥肥料を扱ったことがないので、どれくらいの量が適切なのかわからない。

「旅人に聞いた話ですが、少量ずつ加えていく方がよいと聞きました」

「なら、少なめに撒いておこうか」

仮にそれが間違った知識であっても足りなかったらあとで足していけばいいだろう。

そう割り切って少しずつ泥を撒き、適度に土へと混ぜ込んだ。

「ジャガイモとトウモロコシから試そうか」

「そうですね」

比較対象があった方がわかりやすいので単に反応がわかりやすい作物と、モグモグ族の好物となった作物を選ぶ。後者については鉱山という土地の少なさから大規模栽培するのは難しいだろうが、間違いなく彼らは小規模でもやりたがるだろう。

俺は畝の中にジャガイモの種芋を設置し、メルシアはトウモロコシの種を植えた。

それぞれが植え終わると、メルシアが如雨露《じょうろ》で水をやる。

すると、両方の畝からすぐにニョキニョキと芽が生えてきた。

「大農園の肥料ほどの成長効果はないね？」

「イサギ様が作った肥料が異常なだけで、通常のものに比べるととんでもない生育速度かと……」

それもそうか。普通は植えてからすぐに芽が出ることはないからね。

歪な成長の仕方もしていないし、悪くない効果だと言えるだろう。

「次は泥沼の泥を使ってみよう」

メルシアにデータを記録してもらっている間に、俺は別の畝に泥沼から採取した泥を撒いていく。

こちらは泥人形やドローバが棲息していた泥だけあって、より高純度な栄養素と魔力が詰まっている。

理論上はこっちの泥の方が、ドローバの泥よりも成長効果は高いはずだ。

土に泥を混ぜ、種芋と種子を植えると、記録を終えたメルシアが水をかけてくれる。

「おっ、こっちの方が成長効果は高いね！」

「はい。イサギ様が作った肥料には劣りますが、すさまじい効果かと！」

こちらの畝ではジャガイモの芽が生えただけじゃなく、立派に葉が生い茂り、綺麗な花まで咲かせるに至った。トウモロコシの方は七十センチほどの高さにまで成長し、葉を大きく広げ、先端には雄穂《ゆうすい》ができていた。

「……次は泥人形の泥だね」

「こちらの泥は使用量を減らしませんか？」

メルシアがおずおずと提案してくる。

二種類の泥の生育結果を鑑みるに、泥人形の泥はもっとすごい効果を発揮すると思う。

「気持ちはわかるけど同じ量じゃないと比較実験ができないからね。同じ量でいくよ」

「……わかりました」

メルシアが如雨露を手にし、覚悟を決めたような顔つきになる。

もしもの被害を懸念して、別の畝に移動。

泥人形から採取した泥を混ぜ込んで種芋と種子を撒くと、メルシアが水をかけた。

その瞬間、畝からすごい勢いで発芽した。

ジャガイモは葉が生い茂ると花を咲かし、それが枯れると葉と茎が太くなり黄色くなった。

「うわっ！　あっという間に収穫期だ！」

「イサギ様、トウモロコシも同じです！」

視線を向けると、メルシアの前にあるトウモロコシはあっという間に俺たちの背丈を超えて、大きな実を実らせた。

かと思いきや、成長はまだまだ続いて大きな実を包む外皮がぐぐと音を立てるとパアンッと粒を弾けさせた。それなのに成長は続いて、茎から次々と新しい実が生えてくる。

「過成長だ！」

あまりにも過ぎた成長速度に作物がついていけない。

ジャガイモの方でも同様の現象が起きており、土から大きな根を盛り上げさせては弾け、またしても新しく根を成長させている。

過ぎた成長は植物の細胞を死滅させ、作物としての終わりを迎えさせる。

三回ほど新しい実を実らせたところでジャガイモとトウモロコシは限界を迎え、ぐずぐずと葉や茎を崩壊させていった。

「てっきり天井を抜くくらい成長をするかと思いましたが、斜め上に超えてきましたね」

「うん。こんなケースは初めて見たよ」

品種改良をする際に因子の配合割合を間違えて、作物が天井をぶち抜いたことは何度もあるが、こんなに急成長と死滅を繰り返したのは初めてだった。非常に興味深い。

「泥が灰色になっていますね」

パラパラと泥だったものをつまみ上げるメルシア。

「内包されている栄養素と魔力を一気に使い切ったんだと思う」

そこに含まれていた豊富な栄養素と魔力は一切ない。

さっきの過成長で一気に使い切ったものだと思われる。

「……このまま使用するのは無理そうですね」

「でも、素材としてのスペックは高いから錬金術で加工すれば、効果の高い肥料になると思う」

驚異的な成長速度と豊富な栄養素、宿している魔力には目を見張るものがある。

何がなんでも急いで作物を収穫したい時、豊富な栄養素を必要とする作物などには抜群の効果を発揮するはずだ。

「こちらは特殊肥料として研究を進める方がいいかもしれません」

「そうだね。モグモグ族が鉱山で農業をするために使うのは、ドローバと泥沼の泥がいいと思う」

泥人形の泥は肥料としての効果が高すぎる上に、量にも限度がある。

恒久的に使用していくのであれば、安定した二つの泥素材がいいだろう。

「そうと決まれば、二つの素材の加工からやっていこう」

「はい！」

肥料としての方針を決めると、俺たちは二つの泥素材に様々な加工法を試していくのであった。

23話　第三皇子は思考する

第三皇子のルドルフは帝国領土であるマルカスにて獣王ライオネルと再会していた。

「これらの者が先日の戦で捕虜となった帝国の貴族である。名簿通りであるかはそちらで確かめてもらいたい」

「わかりました」

ルドルフが頷くと、ライオネルが身振りで指示を出す。

獣王軍の兵士たちはすぐに馬車の扉を開け、捕虜となっていた帝国貴族を外に連れ出してくる。

簡素な衣服に身を包んでいるが帝国貴族の顔色は良好な上に怪我をしている様子もない。

帝国内では獣人は野蛮な存在だと言われているが、彼らはしっかりとした秩序を保っており、理性的であることを再確認したルドルフである。

「ルドルフ様！」

「我らを救出に来てくださったのですね⁉」

馬車の外に出てきた帝国貴族たちがルドルフを目にして声をあげた。

兵士たちから解放されることは通達されていただろうが、自国の皇族を見たことでようやく安心できたのだろう。

「ええ、ライオネル様と交渉し、あなたたちを返還していただけることになりました。もう大丈夫なので安心してください」

ルドルフが優しい声音で語りかけると帝国貴族は喜びの声をあげ、口々に感謝を伝えてくる。

ルドルフはそれに笑顔で答えつつ、自身の部下たちに名簿との照らし合わせを行わせる。

そんな作業を見守っていると、ルドルフの傍に帝国仕官の制服を身に纏った女官がやってきた。彼女はルドルフの護衛であるイザベラだ。

「ルドルフ様、貴族たちから先日の戦について話を聞いて参りました」

「聞かせてください」

ルドルフは獣王国に限りなく近いポトシに滞在していたために、戦後間もないタイミングで使節団として獣王国に入国することができた。

その際に情報収集をしていたものの、帝国軍が獣王軍に敗北したことくらいしか知ることができなかった。

実際にはかなりの接戦だったのか、それとも勝負にならないほどの敗北だったのか。

それを詳細に知っておかないと今後も痛い目を負いかねない。

イザベラが収集してきた情報によると、帝国軍は物資を使い潰しながら最速で獣王国に乗り込み奇襲を仕掛けたものの、その進路に立ちはだかったレディア砦に全軍が足止めされ、真正面から衝突することになったようだ。

事前情報ではレディア渓谷に砦なんてものはなかったが、恐らくイサギが即席で造り上げたのだろう。

地形によって迂回ができず、進軍ルートが制限されたとはいえ、数は正義だ。

真正面からぶつかることになったとはいえ、数万もの軍勢があれば小さな村の戦力など落とすことができる。

そう誰もがタカをくくっていたが、戦いは終始、相手に引《ひ》っ掻《か》き回されていたらしい。

帝国の宮廷錬金術師の生み出したゴーレムを遥かに上回る性能を持ったゴーレム、上位個体の魔物を使役したゲリラ戦、錬金術によって生み出された謎の生物で兵力の犠牲を抑えた上で帝国軍を足止め。かつては帝国に所属していたこともあり、帝国の戦術の定石を熟知しており、どのような軍用魔道具を使用してくるか即座に見抜かれてしまったらしい。さらに彼らは守るだけに留まらず、土を掘削して本陣にまで奇襲をかけてきたというではないか。獣人とはこうも勇敢で恐ろしい種族なのか。

「……言い訳の余地もない大敗ですね」

数万の軍勢で小さな村を堕とすことができなかったのだ。これを大敗と言わず何と言うだろうか。想像以上の帝国の惨敗っぷりにルドルフは頭を抱えそうになった。

「帝国は何度もイサギさんによって助けられましたが、敵に回られるとこうも厄介になるということですね」

　帝国に精通しているイサギ、元侍女のメルシアがいるとはいえ、ここまでいいようにやられていたとはルドルフは思ってもいなかった。彼の中でイサギとメルシアという人材の価値がまた一つ上昇した。

「イサギさんの采配も脅威ですが、それを遥かに上回るのが獣王ライオネルの圧倒的な戦闘力でしょうか」

　帝国は最終的にイサギをはじめとする獣人側の戦力を砦へと撤退させ、あと一歩というところまで追いつめたらしいが、そこに獣王ライオネルをはじめとする獣王軍の兵士が到着したらしい。

　ライオネルは王でありながら数百から千名になる帝国兵を圧倒的な力量で相手取っていたらしい。

「彼の口から放たれる咆哮《ほうこう》は魔法をかき消し、その拳を振るうだけで帝国兵が薙ぎ払われたようです」

「……どんな化け物ですか」

　思わず前方にいるライオネルを見つめながら呻《うめ》く。

　帝国貴族が大袈裟《おおげさ》な脚色をしていると思い込みたいが、実際にライオネルを前にして圧力を受けているルドルフにはとてもそれが嘘だとは思えなかった。

「ありがとうございます。獣王軍の脅威はわかりました」

少なくとも現状の帝国では獣王軍に敵わない。それがルドルフの率直な感想だった。

ルドルフは戦争自体を認めていないわけではない。それが必要であり、帝国にとって最善の手段であれば厭《いと》うことはしない。ただし、限りなく非効率的な交渉だと思っているので、現状の戦火を拡大する帝国の在り方には納得がいっていないだけだ。

「……プルメニア村については諦めますか？」

「いえ、簡単に諦めるには惜しいです。イサギさんの作った大農園。素晴らしいものでしたから」

錬金術によって品種改良がされたことにより、決して作物の育たない土壌での農業が可能となっている。

しかも、それは通常の作物に比べ、成長が尋常ではなく早い上に、病害、虫害などに強いときた。

あれを手に入れることができれば、帝国の抱えている大きな問題のすべてを解決できる。

あの大農園を視察し、欲しがらないものは為政者ではない。

「イサギさんを帝国に連れ帰ることができればよかったのですが……」

「……勧誘には乗りませんでしたね」

「ええ、どうやらイサギはあの村を自分の居場所と定めているようです」

イサギという人材が外に流出していなければ、帝国は間違いなく大陸に覇を唱える国家となっていたに違いない。

そう考えると、イサギを追放したガリウスという男は、なんとバカなことをしてくれたのだと悪態をつきたくなる。

「今すぐに彼を帝国に連れ戻すのは無理なようですね。方法を考えつつも、別の方策を進めることにしましょう」

イサギという人材を諦めることはしないが、それに固執することをルドルフはしなかった。

「例の物は手に入れてくださいましたか？」

「はい。販売所で売られている作物と、一般の農家が栽培している苗をもらってきました」

「ありがとうございます。では、それを持ち帰って帝国の宮廷錬金術師に解析させましょう」

最短で最善の道はイサギを帝国に連れて帰り、プルメニア村にある大農園と同様のものを作成してもらうことであるが、それとは別に自国でも再現ができないか模索することをルドルフは平行して進めることにしていた。

「……お望みとあれば、今からでも大農園に忍び込んでまいりますが？」

「さすがに大農園に忍び込むのはあなたでも難しいでしょう。それにもしバレるようであれば関係を大いに悪化させることになりかねませんから」

獣人たちは非常に嗅覚が効く上に、あそこには一日中ゴーレムが徘徊《はいかい》している。

イザベラの隠密能力をもってしても足がつく可能性が高かった。

それに気になるのは大農園でずっと感じていた纏わりつくような視線。

あそこには従業員やゴーレム以外の何かが存在している。それがいる限り、大農園に潜入し、作物を奪い取ってくるのは不可能だろうとルドルフは感じるのだった。

24話　宮廷錬金術師はレガラド鉱山で畑を作る

泥肥料の研究を始めて一週間後。

俺たちはドローバの泥と、泥沼の泥を肥料として完成させることに成功した。

「よし、どれも生育が安定しているね！」

「これならレガラド鉱山でも野菜を栽培することができるかと思います」

地下の実験農場には、泥肥料を使用し、しっかりと成長を果たした作物がずらりと並んでいた。

「本当はもうちょっとデータを集めておきたいところだけどね」

「そちらについてはモグモグ族の方にやっていただきましょう」

さすがにすべての作物の詳細なデータを採集し、それを元に改良を加えるとなると三か月以上、ヘタをすると年単位の時間がかかってしまう。

しかし、モグモグ族としてはすぐにでも農業を始めたいところであるので、そこまで時間をかけられるのは本意ではないだろう。

「イサギ様のお陰でモグモグ族は農業ができ、食生活が豊かになる。我々はモグモグ族の労働力によって、泥肥料による詳細なデータを入手できる。互いに益のあることです」

「そうだね」

受け取ったデータを元に良質な泥肥料へと改良してモグモグ族に還元。さらにその知識と技術を生かして大農園をより発展させる。

そうすれば、皆幸せになることだ。何もかも自分たちでやろうとしなくてもいい。

「それじゃあ、モグモグ族の集落に向かおうか！」

「はい。既にティーゼさんにお声がけしておりますのでいつでも行けます」

さすがはメルシア。仕事が早い。

レガラド鉱山に向かうのであれば、空を飛べるティーゼの力を借りるのが一番だからね。

準備を整えて外に出ると、俺たちはティーゼと合流。

ゴーレム馬を走らせて麓まで移動すると、バスケットに乗り込み鉱山の入口で着地。

モグートに教えてもらった集落までの最短距離を突き進んでいくと、あっという間にモグモグ族の集落にたどり着いた。

「外の人だ！」

「この間はありがとう！」

「どういたしまして」

集落にやってくると、モグモグ族の子供たちが無邪気にそんな声をかけてくる。

俺たちが笑みを浮かべながら手を振ると、子供たちは嬉しそうに跳ね回った。

最初は外からやってきた俺たちを怖がっていたが、泥人形を退治し、食事を振る舞ったことで随分と住民からの好感度は上がっているようだ。

ビクビクしながら遠巻きに見られると、微妙にこちらも気を遣うので受け入れてもらって助かる。

「モグザかモグートを見つけたいところだね」

「あちらの方にモグモグ言っている方がいますよ」

「じゃあ、そっちだね」

モグモグ族を見分けることは難しいが、彼は特徴的な口調をしているのでわかりやすい。

メルシアの指し示す方角に進むと、陽気な声をあげながら仲間たちと固まっているモグートらしき姿が見えた。

「やあ、モグート。元気かい？」

「おお、久しぶりモグ！　イサギから貰った作物のお陰で元気モグ！」

「今は何をしているんだい？」

「イサギから教えてもらったアタマンタイトを皆で仕分けをしているモグ！」

「アダマンタイトね」

モグートの周囲にはアダマンタイトが乱雑に積み上げられている。

まるでガラクタ山かのような様相を呈しているが、モグモグ族はついこの間まで価値を知らなかったので仕方がない。

現在では価値を知ったモグート主導で、質のよさそうなアダマンタイトを石箱に詰めているようだ。

「今日はどうしたモグか？」

「この間、言っていた鉱山内での農業に目途がついてね。そのために協力して欲しいんだ」

「本当にできるモグか⁉　おいらたちにできることなら何でも協力するモグ！」

やってきた目的を告げると、モグートが目を輝かせてこちらに寄ってきた。

周囲で仕分けをしていたモグモグ族も集まってくる。

「……な、なんか圧がすごいね」

「イサギたちから貰った作物、特にトウモロコシ、とっても美味しいモグ！　あれがこれから食べられるなら何でもするモグ！」

モグートの言葉に同意するかのように他のモグモグ族が頷いた。

俺たちのあげたトウモロコシにすっかり熱を上げているようだ。

農業をするための熱意があるのはとても好ましい。

「集落からほどよい距離にある、水源が近く土が柔らかい場所はあるかな？」

「ついてくるモグ！」

思い当たる場所があるのか、モグートが歩き出したので俺たちはついていく。

その後ろに先ほどまで仕分けをしていたモグモグ族がゾロゾロとついてきた。

たくさん来てくれた方が何度も説明する手間が省けるし、労力は多いに越したことはないので好都合だ。

「ここなんてどうモグか？　地面は柔らかいし、井戸も近いモグ！」

モグートが足を止めたのは集落の端にある空き地だった。

周辺に民家もないので人通りは少ない。時折、水を組み上げるために住民がやってくる程度の場所だ。

メルシアと俺は地面に手を触れて、土質を確認する。

「土も柔らかいですし、水はけもよさそうです」

「周囲に硬い岩盤や鉱脈も通っていないし、畑として利用するにはちょうどよさそうだ」

作物を育てるのに十分な広さがあるし、水源となる井戸も近い。ここをはじめの実験農地とするのは悪くないだろう。

俺は錬金術で土の杭を作成すると、周囲に刺していって活用する範囲を定める。

「おいらたちは何をすればいいモグか？」

「まずは土を耕してくれるかな？　作物を育てるための土の準備が必要なんだ」

マジックバッグから鍬《くわ》を取り出すと、俺はザックザックと手本を見せるように土を耕していく。

ただ土を耕すだけで感心したような声をあげられるのが不思議だ。

「こんな感じだけど、モグートたちの身長じゃ鍬は使いづらいね。小さくしたものを渡すよ」

錬金術で鍬の長さを調整しようとすると、モグートたちから困惑した反応が返ってくる。

「どうしたの？」

「……これってその道具を使わないといけないモグか？　おいらたちなら爪で地面を掘って、柔らかくすることができるモグよ？」

モグートをはじめとするモグモグ族が一斉に爪を伸ばす。

あちこちでジャキンッという音が鳴って少しだけおっかない。

「それなら爪でやってみてもらえるかな？」

「わかったモグ！」

モグモグ族は地面を掘ることに特化した種族である。

だったら俺たちのように鍬を使わなくても別にいいだろう。爪の方が効率的に耕せるのであれば任せればいい。彼らは穴掘りの専門家なのだから。

モグートたちは頷くと、一斉に地面に潜り始めた。

地中に潜り、爪を使って縦横無尽に駆け回る。それだけで土が耕されていく。

「うわあ、すごいスピード……」

「ゴーレムが地面を耕す以上に速いですね」

何せ地中に入って直接土をかき分けているのだ。鍬を使って耕すのとは効率や速度が桁違いだ。

「こんな感じでいいモグか？」

ひょっこりと地面から顔だけを出して尋ねてくるモグート。

耕したところに手を入れて確認してみると、しっかりと土が耕されておりふわふわだった。

「バッチリだよ」

まさか数分もしない内に土を耕し終わるとは予想外だ。

この速度にはメルシアとティーゼも驚いており、言葉も出ない。

「石ころは砕かれ、雑草は根から除去されている。完璧な耕しだね」

通常なら石ころの除去だとか、雑草抜きといった細々とした手間があるのだが、モグートたちの爪によってことごとく駆逐されていた。

「大農園に引き抜きたい人材ですね」

「彼らがいれば、頑固な雑草抜きから解放されそうですね」

その圧倒的な耕し速度と完璧な耕し具合を目にして、メルシアは大農園への雇用を真剣に検討しており、ティーゼも賛成するように頷いていた。

確かに俺たちの大農園は新しく畑を拡張するとなると、かなりの広さを耕すことになる。

その際にモグモグ族がいれば、広大な畑を即座に拡張できるのは大きい。

今すぐには難しいかもしれないが、将来的には何人か来てもらうのも選択肢としてありだと思う。

「次はどうするモグか？」

「この肥料を土に混ぜてくれるかな？」

俺はスライムパックに詰めた泥肥料をモグートに渡した。

「これ……どこかで見たことがあるモグよ？」

「ドローバの泥だよ」

「ひいいっ⁉　ドローバの泥モグかああっ⁉」

具体的な原料を説明すると、モグートが悲鳴をあげて肥料を落とした。

他のモグモグ族もドローバによる恐怖を覚えているのか、見るからに怯えている。

「ドローバの泥には作物に必要な栄養素と魔力が含まれているんだよ」

「でも、ドローバの泥モグよ？」

モグートに至ってはドローバに襲われ、お腹に取り込まれるといった被害にあった。

ドローバの素材を肥料とするのに忌避感を抱くのも仕方ないのかもしれない。

集落が危機を迎える元凶となった魔物を肥料として活用するのは無神経だっただろうか。

「使わなかったらトウモロコシを収穫するのに一か月はかかるけど、ドローバの泥肥料を使えば一週間でトウモロコシが収穫できるよ？」

「い、一週間モグか⁉」

「美味しいトウモロコシを作るためだったら何でもするんじゃなかったの？」

「いや、でもやっぱりドローバの泥を使うのは……」

大好物のトウモロコシで釣ってみるが、それでもドローバの泥に対する忌避感があるらしい。

「ドローバの泥を肥料として選んだのはモグモグ族の皆さんでも材料を調達することができ、ご自身でも肥料として開発できるからです。そんなイサギ様の心遣いを汲んでいただくことはできないでしょうか？」

「――ッ！」

「こちらの紙に肥料の作り方が記載されています。時間はかかりますが、この手順の通りに作成をすればイサギ様の手を借りずとも肥料が作れます」

メルシアが優しい声音で諭し、一枚の紙をモグートに握らせた。

「イサギはおいらたちのことをそこまで思ってたモグか……ッ⁉」

メルシアの諭すような言葉にモグートたちが目を潤ませる。

「うん。まあね。すべてを俺たちに頼り切りっていうのもよくないしね」

感激してくれるのは嬉しいけど、そう言われるとちょっと恥ずかしい。

「ドローバの泥を使うモグ！　それがおいらたちの明るい未来になるモグ！」

「では、これを土に混ぜてください」

メルシアが指示をすると、モグートたちが爪でスライムシートを開けて、土に泥を混ぜ始めた。

「メルシアさんは人を動かすのがお上手ですね」

「モグモグ族には泥肥料を使っていただき、そのデータを取ってもらわないと困りますから」

ティーゼの称賛にメルシアは至って冷静な声音で答えた。

ドローバの泥を使ってもらうことが大農園のためでもあるのだからモグートたちには是非ともこれを使って成果を出してもらいたいものだ。

「ひいいい！　ドローバの泥モグ！」

「しっかりと混ぜてください」

ドローバの泥を混ぜているモグートから悲鳴があがるが、メルシアは容赦がなかった。

「次はどうするモグか？」

忌避感のせいか土を耕すのより時間はかかったが、モグートたちはきちんと肥料を混ぜてくれた。

「こうやって畝を作ってほしい」

「わかったモグ」

耕してくれた土の形を整えて、畝を成形する。

モグートたちは器用に爪を使うと、同じように畝を作ってくれた。

手先が器用な種族だけあって畝作りもお手の物のようだ。

「畝ができたら上部分に少しだけ穴を開けて、ジャガイモの種芋とトウモロコシの種を植えるよ」

「やったモグ！　トウモロコシモグ！」

ジャガイモの種芋とトウモロコシの種を植えると、そっと土を被せてあげて水をかけた。

すると、それぞれの畝からひょこひょこと芽が出てくる。

「すぐに芽が出てきたモグ！」

早速、畝から出てきた芽にモグートたちは大興奮だ。

畝の周りに集まってつぶらな瞳で見つめている光景が微笑ましい。

「あとは日の光を浴びさせながら水をやれば、大きく育ってくれるよ」

「でも、ここには日の光なんてないモグよ？」

「それは俺の魔道具で補うさ」

俺は錬金術で土の脚立を作り上げる。

メルシアとティーゼが脚立を押さえてくれる中、登っていくと天井で錬金術を発動して突起を作る。そこに魔道具をひっかけた。

「わっ！　眩しいモグ!?」

「太陽の光を吸収し、それを放つ魔道具さ。これがあれば外で育てているのと変わらない――

いや、外よりも細かく日光を調節して照射できるよ」

「イサギはこんな魔道具も作れるモグか！　すごいモグ！」

光が弱くなれば吸収パネルを外に出して、太陽の光を吸収させれば稼働させることができることをモグートたちに説明してあげた。

必要とする魔石の属性は何でもいいし、定期的にパネルを日光に当てるだけだ。

これに関しては壊れない限り、半永久的に使うことができるだろう。

欲を言えば、鉱山の中でも日光が差し込んでくる場所にも畑を作りたいが、水をそこまで引き上げるのに時間がかかってしまう。まずは身近なところで確実に収穫できるようになってもらおう。

「これならおいらたちでも育てられそうモグ！」

「それならよかった」

「生育データの記録はしっかりとお願いします」

ずいっと差し出された用紙の量にモグートたちがたじろいだ。

「こ、これはなにモグか？」

「作物の成長を記録する用紙です。一日ごとの作物の生育を記載してください」

「こ、これを毎日モグか⁉」

「はい。毎日です」

たじろぐモグートたちにメルシアが念を押すようにきっぱりと言った。

「わ、わかったモグ」

メルシアの笑みを浮かべながらの強い圧にモグートはこくりと頷いた。

俺たちとしても泥肥料の詳細な成長データは欲しい。農業初心者のモグモグ族に頼むのは酷かもしれないが根気強く頑張ってほしいものだ。

「農業についてはこんな感じかな」

「あっ！　イサギ、集落の広場に採掘した鉱石があるモグ！　必要なものがあったら持っていっていいモグよ！」

どうやらモグモグ族は早速レガラド鉱山で採掘を始めてくれているようだ。

特に鉄素材が不足しているので是非とも買い取りたい。

「それは助かるけど……」

「どうしたモグ？」

モグートの口ぶりからすると、勝手に持っていっても構わないといった感じだ。

これから取り引きをする間柄なのに、そんなに適当でいいのだろうか？　少し心配になってしまう。

「その鉱石というのは何がどれくらいあるのかきちんと把握しているのでしょうか？」

「えっ？　いや、知らないモグけど……」

「……物品管理についても後ほどお教えいたしますね」

モグートたちの大らかさにメルシアが小さくため息をついた。

今まで外とまったく交流がなく、閉鎖的な暮らしをしていたモグモグ族だ。

物品の管理についていい加減なのは仕方があるまい。

「い、イサギ……」

さらなる書類作成が課せられると理解したモグートが縋《すが》りつくような視線を向けてくる。

「まあ、これから王家とも取り引きすることになるし、できておいて損にはならないよ」

スッと視線を逸らしながら言うと、モグートはがっくりと肩を落とした。

プルメニア村や獣王家と取り引きをする際にトラブルにならないように確実に必要な知識だからね。

面倒くさいし、慣れない仕事だとは思うが、なんとか頑張ってほしい。

また落ち着いたタイミングで顔を出すことを約束し、俺たちはレガラド鉱山をあとにするのだった。

25話　宮廷錬金術師は包丁を作る

「モグモグ族たちのお陰で鉱石類がこんなにも豊富だ！」

工房のテーブルにはモグモグ族から貰った鉱石類が積み上がっていた。

既に錬金術で不純物を除去しているため、目の前にあるのはすべて良質な鉄、鋼、銅などだ。

帝国との戦のせいですっかり鉱石類は不足していたので、これだけたくさんあるとテンションが上がるものだ。

「やっぱり、十分な素材があると落ち着くなぁ」

錬金術師は無から有を作ることはできない。

素材が足りないから作れないというのは、錬金術師にとってかなり歯痒《はがゆ》い状態だったので、その一部が解消されて本当に嬉しい。

「細かい鉱石類や稀少な属性魔石などはまだまだ不足気味ですが、普段使いしやすい鉱石はひと通り集まりましたね」

欲を言えば、ミスリル、黄金石、プラミノス、紅蓮石《ぐれんせき》、金剛石をはじめとする稀少鉱石はもう少し欲しいし、魔道具のエネルギー源となる属性魔石を所有しておきたいが、こちらは入手が困難であるため仕方がない。

それらについては近々コニアが調達してきてくれるはずなので期待して待っておくことにしよう。

「さて、これらを使ってプルメニア村で不足しているものを作ろうか」

これらを使って好きに魔道具を作りたいところであるが、目の前に深刻な問題があるのでそうはいかない。

先日の帝国との争の際、プルメニア村では多くの武器を必要とした。

村が保有する鉱石は微々たるものなので武器が足りず、家庭にあった包丁やフライパンなどを鋳潰すことになった。

そのせいでプルメニア村の住民のほとんどは、十分な調理道具がない状態となっている。

「特に必要としているのは包丁、ナイフ、鋏《はさみ》、フライパン、鍋などですね」

メルシアが羊皮紙を広げると、そこには住民の名前と鋳潰したものが記録してあった。

あんな余裕のない状態でこんなものを用意しているなんてさすがだ。

「それくらいなら錬金術で簡単に量産できるけど、鍛冶師の仕事を奪うことにならないかな?」

プルメニア村にも鍛冶師は何人かいる。

鍛冶師にとって今は大きな稼ぎ時ともいえるのであるが、俺が錬金術で量産してしまえば彼らの仕事を奪うことにならないだろうか?

「鍛冶師の方には既に話を通しておりまして、泣きそうな表情で手伝ってくれと言われました」

「そ、そうなんだ……」

昨日、俺たちが持ち帰ってきた鉱石類は既に渡しており、鍛冶師たちは既に作成に取り掛かっている。

しかし、あまりにもその量が多すぎて、このままいけば確実に連続徹夜コースらしい。

普段であれば村人も気長に待つのであるが、必要としているのはどれも生活必需品だからね。

プレッシャーもすごいのだろう。

「というわけで、イサギ様にはここからここまでの品物を作っていただきたいです」

メルシアがペンで記した範囲の項目を確認すると、軽く百以上は作る必要があることがわかった。

「……これは中々に多いね」

「鉱山の調査やモグモグ族への農業指導がなければもっと多くなるところでした」

どうやら俺が無理に働かないようにメルシアが調節してくれたらしい。

割り振られた部分だけでこれだけあるのであれば、鍛冶師たちが泣きそうになるのも当然だ。

「まずは包丁から作っていこうか！」

地金に硼酸《ほうさん》、硼砂、酸化鉄などを混ぜ合わせ、錬金術によって鋼と合成し、結合させる。

さらに魔力鉱を混ぜて、槌に魔力を通して刃を叩いて成形していく。

地金と刃金をしっかりと馴染《なじ》ませて成形が完了したら樹脂のハンドルに接合してやる。

「よし、これで完成だ！」

「少し拝借しますね」

「ん？　うん……」

出来上がった包丁の一本をメルシアが手に取る。

彼女はテーブルの上に木材を載せると、俺の作った包丁を当てた。

分厚い木材がスッと切れた。

「うん、いい切れ味だね」

「……イサギ様、これは切れ味が鋭すぎます」

「え？　でも、メルシアは切れ味のいい包丁の方が喜んでいたよね？」

家にある包丁は俺が錬金術で作ったものだ。

切れ味が悪くなれば俺が研いであげたり、錬金術で新しく作り直すのであるが、切れ味がいいほど彼女は喜んでいた気がする。

「私は刃物の扱いにもある程度精通していますが、普通の村人はそうはいきません。加減を知らずテーブルまで真っ二つにすることでしょう」

「ええ？　そうかな？」

俺も料理で食材を切ることはあるが、テーブルまで真っ二つにするようなヘマはしたことがない。

「少しお待ちください」

小首を傾げていると、メルシアはそう言葉を残して工房の外に出た。

「にゃー！　ここがイサギさんの工房!?　初めて入ったよー！」

ほどなくすると彼女はネーアを伴って戻ってきた。

錬金術師の工房が珍しいのか、彼女は尻尾を揺らしながらキョロキョロと室内を見渡している。

「ネーア、勝手に触ったりしないでくださいね？」

「も、もちろんだよ！　それで頼みたいことがあるって聞いたけど？」

そーっと保存瓶に手を触れようとしてネーアがビクリと肩を震わせて振り返る。

露骨に話題を逸らしたのは触れようとしたことを誤魔化すためだろう。

「ここにある包丁で木材を切ってくれませんか？」

「何言ってるの？　包丁でこんな分厚い木材は切れないよ？」

「切れるよ？」

「切れます」

ネーアは何を言っているのだろう？　包丁ならこれくらいの物を切れるのは当然じゃないか。

そうでなければ包丁の意味がない。

「え？　真顔で言われる？　あたしの方がおかしいのかな？」

「とにかく、やってみてください」

「う、うん。いいけど……」

ネーアはなんとも釈然としない表情を浮かべながらも包丁を手に取った。

木板の上に木材を設置すると、そのままスッと包丁を動かした。

俺の作った包丁はスッと木材を切り裂き、その下にあるテーブルまで切ってしまった。

真っ二つになったテーブルが音を立てて倒れる。

「ほら言ったではないですか。私たちのように慣れていないとこうなると」

「ええぇ？　ちょっとネーア。ただ木材を切るだけなのに力を入れすぎじゃないかい？」

包丁なんて少し刃先を当てるだけで食材が切れるものだ。

そんな風に力を入れれば、テーブルまで切れるのは当然だ。

とりあえず錬金術で真っ二つになってしまったテーブルを修復し、元の位置へと立ててあげる。

「……何このふざけた切れ味？」

呆然としていたネーアはようやく現実に返ってきたらしく、ぽつりと漏らした。

「何って……ただの包丁だけど？」

「包丁がこんなに鋭かったら怖いよ!?」

「いやいや、ネーアが力を入れすぎなんだよ。食材なんて包丁で触れるだけで切れるでしょ？」

「普通の包丁は切れないよ⁉」

どうやら俺が常識として思う包丁とネーアの常識として思う包丁には大きな乖離《かいり》があるようだ。

「というわけなので刃に魔力鉱を混ぜて、魔力通しをするのはやめておきませんか？」

「ええ？　それじゃあ切れ味が悪くなるけど……」

「それでいい！　それでいい！　テーブルまで切り裂く包丁なんて怖すぎて持てないよ！」

メルシアがそう言い、ネーアが強く訴えてくるので俺は地金に硼酸、硼砂、酸化鉄などを錬金術によって合成し、刃として成形。樹脂のハンドルと接合させた。

「――ッ！　そうそう！　これなら普通に使えるし、切れ味もかなりいいよ！」

「そうなの？　疲れたりしない？」

「しないから！　むしろ、家で使っているものより何倍もいい！」

切れ味や耐久力を上昇させるための鉱石は一切混ぜていないし、刃全体を魔力で覆うための魔力通しもやっていないにもかかわらず、ネーアはこれがいいと喜んでいる。

「これが村人にとっての普通の包丁なので」

「わかった。ならこの感じでいくことにしよう」

錬金術師としてはちょっと複雑な気持ちがあるが、使用者が安全に使えるのが一番いいからね。

26話　宮廷錬金術師は調整する

「よし、これでリストのものは一通りできたかな？」

「はい。包丁が五十本、ナイフが三十本、鋏が二十本、フライパンが三十個、鍋が四十個となります」

太陽が中天を過ぎた頃。俺はプルメニア村で不足している調理道具を作り終えることができた。

「強度を上げるための合成も魔力通しもしていないから簡単に量産できたけど、これでいいのかな？」

「十分です。村人が使うフライパンに魔法盾並の強度は必要ありませんから」

普段やっている工程の七割くらいを省略しているので、手抜きをしているような錯覚に陥ってしまう。だけど、メルシアがそう言っているのだからこれでいいのだろう。

「生産費については村の運営費からお支払いいたしますね」

「いや、プルメニア村の人にはお世話になっているから別にいらないよ。あの戦いでは村の人にも大きな負担をかけることになったし」

「そんなことを言ってしまえば、イサギ様の負担はどうなるのですか。武具の生産、研磨、魔法剣の作成、武装ゴーレム、軍用魔道具、砦といったもののために消費した物資の額はとんでもないですよ？」

メルシアが毅然《きぜん》とした表情で言う。

うっ、確かにそれはそうだ。

あの戦いでは俺が帝国の宮廷錬金術師時代に蓄えていた素材のほとんどを吐き出してしまった。その素材の価値を考えると、俺は一体どれだけの消費をしてしまったのだろう。

ざっと考えただけで金貨数千枚ぐらいは飛んでいそうだ。

「いや、でも大切な村を守るためだし……」

「プルメニア村の住民もイサギ様と気持ちは同じですので、そこは気にしないでください」

「うん、わかった」

「それに今回の戦により獣王家より補助金が出ているので村の運営費についての心配は不要ですよ」

「そうなんだ」

さすがはライオネル。大変な目に遭ったプルメニア村のために色々と考えて補助なんかも出してくれているんだな。

「しれっと獣王軍の駐留地になっている砦の建設費用についても請求書を出すつもりです」

懐から出した請求書には、レディア砦の製作に消費した素材と、俺が錬金術と魔法を駆使してどのように作り上げ、加工したかが細かく記載されていた。

「メルシア、請求する費用が高くない？」

請求書にでかでかと記載されている費用を見ながらおずおずと尋ねた。

「あのような堅牢《けんろう》な砦を短期間で作り上げたのですよ？　これくらいは当然です」

「え？　帝国にいた時は、あれくらいの砦を月に何個か作っていたんだけど……」

定期的に狭い馬車に押し込められて辺境に着いたと思ったら、たった三日で砦を作れと言われたことが何度もあった。

もちろん、特別手当てなどはなく、砦の建設も通常の業務として扱われていた。

「……もしかして、帝国が戦争に負けなかったのはイサギ様がいたせいでは？」

「さすがにそれはどうだろう？」

メルシアの言葉を真に受けるつもりはないが、レディア砦のようなものをあちこちでポンポンと作っていれば、他国も苦戦してしまうのかもしれない。

「……話は逸れたけど、ほどほどにしてあげてね」

「わかっています。獣王家が出せるギリギリのところまでにしておきます」

請求書を見て、顔を真っ青にしてしまうライオネルとレギナの表情が浮かんだ。

獣王家の懐は大丈夫だろうか。

「では、こちらは私が村の方々にお配りいたしますね」

「あっ、待って！　できれば、包丁なんかは使う人に合わせて調整したい！」

村人が使いやすい画一的な性能にしてはいるが、どうしても個々によって使いやすいハンドルや重心の位置は違う。調理道具ともなれば、毎日使うものだし、できればその人に合わせて調節をしてあげたい。

「……わかりました。イサギ様がそうおっしゃるのでしたら村人をお呼びしましょう」

「手間をかけさせてごめんね」

「いえ、イサギ様にお仕えするのが私の幸せですから」

こういった手間を気にしていないのであれば、メルシアにかけるべき言葉は謝罪ではないだろう。

「ありがとう」

素直に感謝の言葉を述べると、メルシアはふわりと目元を緩めるのだった。

●

村人たちの調理道具の調整をするため俺は販売所の一画を借りることにした。

錬金術で簡易的なテーブルとイスを作ると、その上に作ったものを並べていく。

そうやって準備をしていると、メルシアが戻ってきた。

「あれ？　村人たちへの声かけは？」

「村の中央広場に宣伝用紙を張りました。イサギ様が調整をしてくださるのは本日中と限定しておきましたので村人たちはすぐにやってくるはずです」

「なるほど」

俺が無料で調整をするのも今日だけと限定してしまえば、村人たちは嫌でもやってくることになるだろう。自ら足を運んで声をかけるのではなく、村人たちに自発的に広めさせるようにするなんてメルシアは要領がいい。

俺も鍛冶師ではないので毎日のように調理道具を持ち込まれると困る。纏めて終わらせられるのは好都合だ。

「イサギ様、包丁の試し切りができるように食材とまな板を置いておきましょう」

「そうだね。切ってみないとわからない部分もあるだろうし」

メルシアの提案を採用し、長テーブルを設置すると、その上にまな板と食材を置いて試し切りができるようにした。

「これで準備は万端だね」

「早速、きたようです」

メルシアの耳がピクリと動いたかと思うと、販売所の入口から女性たちの一団がやってきた。

「え？　なんか多くない？」

「皆さん、満足のいく調理道具がなくて不便していましたから」

「イサギさん、私たちの調理道具を作ってくれたんですって⁉」

勢いよくやってきて声をかけてきたのはメルシアの母であるシエナだ。

「え？　あっ、はい！　そうです！」

シエナをはじめとする女性陣のぎらついた視線に圧倒される。

「鋳潰したものとまったく同じものではありませんが、皆さんが不自由しないようにとイサギ様に作っていただきました」

製作したものを見て、村の女性たちが感嘆の声をあげた。

「鋳潰したものの代わりとなるものを提供しますので順番に並んでください」

メルシアにばかり接客を任せてはいけない。

気をしっかり持って言うと、ご婦人方は統率の取れた動きで列を形成し出した。

今すぐ獣王軍に入れそうな動きだ。

「最初は私からお願いするわ」

前に歩み出たのはシエナだ。

「母さんが鋳潰したのは包丁が四本にフライパンが二個、鍋が二個ですね」

「私が鋳潰したものを知ってるの？」

「はい。村人が何をどれだけ鋳潰したかは記録してありますから」

「ちぇー、たくさんもらおうと思ったのに」

のほほんとしながらずる賢いことを考えていたお義母《かあ》さんである。

「こちらがシエナさんの調理道具です」

「まあ、どれも素敵ね！」

「包丁などは実際に触ってみてくれますか？　違和感があれば調整いたします」

「わかったわ」

包丁の種類は牛刀包丁、出刃包丁、ペティナイフ、菜切り包丁。

シエナはそっと牛刀包丁を持ち上げると刀身全体を眺め、切っ先、刃先などを順番に見つめていく。それから次の出刃包丁へ。

普段とは違って表情が引き締まっているのは、それだけ調理道具に対してこだわりがあるからだろう。

「こちらで試し切りもできます」

「使わせてもらうわ」

メルシアがまな板を差し出すと、シエナはすっと菜切り包丁でニンジンを切る。

「……すごい切れ味ね。抵抗なく食材に刃が入っていくわ」

「ありがとうございます。気になるところはありますか？」

「……強いて言えば、ハンドルが少し大きく感じることかしら？」

「では、少し調整いたします」

俺はシエナから菜切り包丁を受け取ると、錬金術を発動しハンドルを小さくした。

「どうでしょう?」

菜切り包丁を渡すと、シエナは確かめるようにして何度も握り直して口を開く。

「とても握りやすいわ。これで文句なしよ」

「ありがとうございます」

「うふふ、前よりも素敵な調理道具を手に入れちゃったわ!」

特にこだわりが強いのは包丁だったのだろう。

他の三種類の包丁の刀身やハンドルなどを微調整してあげると、シエナは調理道具を抱えてご機嫌の様子で帰宅した。

「次の方どうぞ」

シエナが受け取る様子を見て、大体の流れを理解したのだろう。

並んでいた村人たちが鋳潰したものの代わりとなるものを手に取っていく。

やはり、皆包丁の切れ味が気になるのだろうか。自発的に試し切りを行っていく。

「この包丁とんでもないさね! カボチャなんかでもあっさりと切れちまうよ!」

「みじん切りがこんなにも楽よ! 前に使っていた包丁よりも断然いいわ!」

「こんな素敵な包丁を貰えるなんて鋳潰して正解ね!」

試し切りを行う村人の反応はかなりいいようだ。あちこちから嬉しそうな声が響く。

「ああ、包丁！　なんて素晴らしいの！　これでようやく手で千切るだけの料理から解放されるわ！」

中には包丁の素晴らしさを再認識し、涙を流しているご婦人もいた。

……包丁なしで家族の調理を作るのはかなりしんどいよね。

刀身を長くして重心のバランスを調整したり、強度と相談しながら鍋の軽量化を図ったりと、大体の方はちょっとした微調整で満足してくれた。

シエナほどのこだわりを持っている人はやはり稀だったらしい。

並んでいた列を捌《さば》くことができ、落ち着いてくるとすぐ傍から甘い香りがすることに気付いた。

ふと視線をやると、メルシアが蒸し野菜らしきものを作っていた。

「……蒸し野菜？」

「はい。せっかく皆さんが食材を切ってくださったので活用しました。この季節はカボチャ、レンコン、秋ジャガイモなどが美味しいのでシンプルに蒸すだけで美味しいですし、ソースを作れば色々な味を楽しめます」

感心していると販売所内で買い物していた人たちがカボチャ、レンコン、秋ジャガイモなどの売り場に殺到し始めた。

「買い物していた人がすごく動いたね」

「毎日、献立てを考えるのは意外と大変ですから」

「……いつも美味しい料理をありがとうございます」

平然と毎日美味しい料理を作ってくれるメルシアに、俺は改めて感謝の気持ちを伝えるのだった。

27話　宮廷錬金術師は商人に石鹸を売る

販売所にて調理道具を村人たちに配った翌日。プルメニア村にワンダフル商会がやってきた。

「イサギさん、ワンダフル商会のコニアなのですー！」

いつも通りにコニアがやってくる。

今ごろは大農園の方でワンダフル商会の従業員とうちの従業員が作物の確認や売買を行っているだろう。

その間に俺たちとコニアが実益も兼ねた雑談をするのは恒例の行事である。

「コーン茶です」

「ありがとうなのです！」

メルシアがコーン茶を用意してくれると、俺とコニアはグラスを手にして口へ運んだ。

「トウモロコシの甘みがほんのりと感じられるのです」

「あれ？　前に飲んだのと味が違う気がする」

会談の時に飲んだのは、トウモロコシの風味はあるものの微かな苦みがあったような。

「あれはひげ茶なのでコーン茶とは微妙に違うんです」

「そうなの？」

「ひげ茶はトウモロコシの髭を使い、コーン茶はトウモロコシの実や皮を使っていますから」

どうやら使う部位によって味わいに差が出るようだ。

「よく冷えているからか喉越しもいいや」

秋が近づいてきたとはいえ、まだまだ暑さの残っている季節だ。

すっきりとした味わいのコーン茶はとても美味しく感じられた。

「コニアさん、あれから調子はどうですか？」

喉を潤してホッとしたところで俺はコニアに近況を尋ねた。

「先日の戦いのせいで大忙しなのですよ！　あっちやこっちに移動して、足りないものを運んで商売をする毎日なのです！」

獣王国でも有数の大商会であるワンダフル商会はとても頼りにされているらしい。

忙しさを語るコニアであるが、その表情からは充足感が感じられる。

「かなり儲けたみたいですね？」

「儲けたといえば、イサギさんこそですよ！　最近とても素晴らしい石鹸をお作りになったと聞いたのです！」

「あれは商売のためっていうより、ただ気になっていたから作っただけなんですけどね」

家で使っている石鹸の質が気になっていたので、ちょっと改良を加えただけだ。

身内だけで使おうと思っていたら大変な広がりになってしまい、今では村中から定期的な生産を求められるようになっている。

最近では販売所でノーラと顔を合わす度に、遠回しに石鹸を求められるほどだった。

「それでも素晴らしい品には変わりないのです！　私も使っていいのですか？」

「どうぞ」

洗面台へと案内すると、コニアは水を流し、俺が作った石鹸を泡立て始めた。

「なんという水溶けなのです⁉　それに泡立ちもすごくよくて香りもとてもいいのです！」

「カモミールの石鹸です。プルメニア村でとれた花から香りを抽出し、香りづけをしました。他にもラベンダー、ミントなどの香りもありますよ」

「これ以外にも香りがあるのですか⁉　素晴らしいのです！」

香りが気に入ったのか手を洗っているコニアの表情はとてもリラックスしていた。

やがて、コニアは自身の両手を洗い終える。

「洗浄力もしっかりとしていて手にべとつきが残っていないのです！　これは獣王国にある従来の石鹸よりも遥かに上質なのです！　是非ともこれをワンダフル商会に売ってほしいのです！」

コニアがキラキラとした目でこちらを見上げて頼み込んでくる。

「そうしたいところなんですが、今は取り込み中の仕事もあって大量生産できないんですよ」

「それに村内での人気も非常に高いですから」

鉱山での農業についても経過を見ていきたいし、他に作りたい魔道具もたくさんある。

レガラド鉱山の調査が終わったばかりで、忙殺されるスケジュールには戻りたくない。

「それぞれの石鹸を十個ずつとかでも難しいです？」

「十個ずつ？　まあ、その程度ならすぐに売ることはできますが、それで商売になるんですか？」

「石鹸については、今後大量生産をする予定はあるのですか？」

「今のところはないですね。もともと自分の家や身の回りだけで使おうと思っていたくらいですし……」

それがあれよあれよという間に広まり、いつの間にか村内で販売されるようになってしまったが、これ以上の増産をするつもりはない。

石鹸作りはあくまで空いた時間にやる手仕事だ。

「でしたら問題ないのです！　イサギさんの石鹸はしばらく高級品として売っていくのです！」

なるほど。うちの大農園の一部の果物と同じような感じか。

「これだけ質のいい石鹸ですと、上流階級の方が金貨一枚で買ったとしてもおかしくありませんね」

「ええ⁉　石鹸一個で金貨一枚⁉」

「私としては一個で金貨三枚から五枚を出すと睨《にら》んでいるのです」

「綺麗な箱に詰め、ラッピングしてあげれば贈答品として喜ばれそうですね」

きりっとした顔で告げるコニアの言葉にメルシアが同意するように頷きつつ提案した。

「メルシアさんは天才なのです！　それなら金貨十枚は堅いのです！」

「石鹸にイサギ大農園のロゴを彫るのはいかがでしょう？」

「いいですね！　大農園の宣伝にもなるですし、これ以上ないほどのブランド力になるのです！　可能でしたら箱の外にでもワンダフル商会をつけてもいいですか？」

石鹸を高級品として売り出すためにコニアとメルシアが話し込む。

石鹸一つが金貨十枚ほどの価値に化けるとは、商売というのは恐ろしいものである。

「さて、石鹸についての商談はまとまったとして、戦争の賠償としてレガラド鉱山を譲渡されたと聞いたのですが、あれはどうなったのです？」

「先ほどの石鹸といい、耳が早いですね」

物資をかき集めるために獣王国中を移動し、ほとんどプルメニア村にいなかったはずなのにどうしてこうも情報を入手するのが早いのだろうか。

「レガラド鉱山については調査が終わり、獣王家の主導で採掘が始まりましたよ」

「獣王家の主導？　それにしては、駐留している獣王軍の兵士は少ないのです。もしかして、ここの村人を採掘人として大規模に雇ったのですか？」

さすがはコニア。獣王軍の動向もしっかりと注視しているらしく違和感を抱いたようだ。

うーん、どうなのだろう？　モグモグ族のことは言ってしまってもいいのだろうか？

彼らの境遇を考えると、迂闊《うかつ》にその存在を言い触らすことは憚られる。

メルシアも同じことを考えたのか、少し困ったような顔になる。

「いえ、鉱山にいた先住民の方に協力してもらうことになりました」

「……先住民？　もしかして、モグモグ族なのです？」

「え？　コニアさん、彼らがあそこにいるって知っていたのですか？」

「いえ、あくまで住んでいるかもしれないという曖昧な情報だけだったのですが、イサギさんの言葉で確信したのです」

「えっ」

敢えて言わないようにぼかしたつもりだったが、俺の迂闊な発言のせいでバレてしまったようだ。

「あの、コニアさん。この件についてはあまり言い触らさないようにお願いできますか？」

「はい。もちろんなのです。モグモグ族はその容姿で誤解されて、迫害されていた過去がありましたので……」

よかった。コニアはモグモグ族についての情報を正しく知っているようだ。

俺がコニアを信用していないなどと誤解されなくてよかった。

「ですが！　新しく手に入れた鉱山で採掘するのであれば、ワンダフル商会の者として噛まずにはいられないのです！」

落ち着きを保っていたコニアが、瞳に力強い炎を宿らせて拳を握り込む。

国同士の摩擦で今まで手を出すことのできなかった資源が丸々手に入ることになったのだ。

当然、鉱山による資源収入は莫大で、コニアとしてもそれに関わりたいと思うのは当然だろう。

「……採掘については獣王家が主導なのでレディア砦にいらっしゃるレギナ様に話を通してください」

俺とメルシアはあくまで錬金工房の一員であって、鉱山を管理できるような立場や役職などではない。獣王であるライオネルに仕事を頼まれ、ちょっと鉱石類を融通してもらえるようになっただけなので口を出す権利もない。

「わかったのです！　ちょっと今からレギナ様に会いに行ってくるのです！」

コニアは残っていたコーン茶を一気に飲み干すと、慌ただしく家を出ていくのであった。

28話　宮廷錬金術師は新鉱山で収穫をする

「さて、今日は何をしようかな」

レガラド鉱山の調査が終わり、包丁作りが終わり、ワンダフル商会との取り引きも終わった。

差し迫った問題はひと通り片付いたので今日は自由に過ごせるはずだ。

朝食を終え、のんびりとした朝の時間を過ごしていた俺は、何をしようかと考える。

すると、お皿を布巾で拭っていたメルシアが振り返りつつ言った。

「イサギ様、今日はモグモグ族の畑が収穫を迎えることになっています」

「え？　もうそんなに経ったの？」

「はい。あれから一週間になります」

マジか。もうそんなに日にちが経過したなんて信じられない。

最近、一日過ぎるのがとんでもなく早く感じてしまう。

「そ、そうなんだ……」

ということは、今日は自由時間とはならないな。

作ろうと頭に浮かんでいた魔道具たちが霧散していく。

「お疲れのようでしたら私が確認してきますよ？」

ウキウキしていた俺の様子を察してか、メルシアが気遣うような視線を向けてくる。

「……いや、俺も行くよ。手伝うって言ったのは自分だし、何か異常があったら怖いから」

実験農場でしっかりと栽培できることは確認済みとはいえ、鉱山で作物を育てるなんて初めてのことだ。万全を期すためにしっかりと対応できる俺が行くべきだ。

それに、忘れていただけでモグモグ族の畑は俺も気になる。

「わかりました。では、集落に向かうためにティーゼさんをお呼びしますね」

「うん、ありがとう」

メルシアは最後のお皿を拭いて食器棚に収納すると、そのまま家を出た。

俺は身支度を整えてから少しあとに家を出て、外にゴーレム馬を出しておいていつでも出発できるように準備をする。

すると、ほどなくしてメルシアが大農園の方から戻ってきた。

その隣には入口まで俺たちを運んでくれるティーゼだけでなく、なぜかレギナとコニアまでくっついていた。

「やっほー、イサギ！」

「イサギさん、おはようございますなのです！」

「……なんで二人がここに？」

ティーゼを連れてくるとは聞いていたが、レギナとコニアが来るなんて聞いていない。

「コニアが商売のためにモグモグ族に会いたいっていうから」

「アダマンタイトや魔水晶が大量に採掘されるとあっては見逃すことはできないのです！」

足並みをそろえるように言葉を述べてくるレギナとコニア。

「正式に二人で話はしたんだよね？」

「ええ。本当は鉱山事業については獣王家が独占したいけど、生憎とあたしたちはノウハウもあまりないし、商売っ気のある人員も少ないから」

「我がワンダフル商会が獣王国全土へとお届けするので問題ないのです！」

王族であるレギナとしては苦渋の判断のようであるが、ワンダフル商会の一員であるコニアはやる気に満ちている。

「わかりました。そういう事情なら一緒に行きましょう」

獣王家とワンダフル商会で話がついているのであれば、特に俺が口を挟むことはない。

「はぁ……またネコネコ商会から文句を言われそうだわ」

「ネコネコ商会？」

疑問の声を漏らすと、メルシアが教えてくれた。

「獣王国でも有数の大商会です。従業員はすべて猫系獣人で構成されています」

つまり、メルシアやネーアみたいな獣人だけで構成された大きな商会らしい。

「そんな大商会がどうして獣王家に文句を？」

「ワンダフル商会には、イサギ様の作った魔道具や便利なアイテムの販売に加え、大農園の作物の売買もお願いしております。そこの利潤が大きく、差をつけられてしまったネコネコ商会としては面白くないのでしょう」

あー、ワンダフル商会とネコネコ商会はライバル関係なのか。

「最近では獣王家がワンダフル商会を依怙贔屓《えこひいき》しているなんて言われるんだから」

「あの商会は大きな街でしか商売をしないからいけないのです！　常に情報に耳を傾け、どんなに遠い場所でも自分で足を運び、商売の種を見つけ、育てようとしないからなのです！」

レギナのぼやきを聞いて、コニアがそんな意見を言う。

いつも温厚な彼女にしては辛辣な意見だ。

ライバル的な商会に対してコニアも色々と思うところがあるのだろうな。

●

レギナ、コニアを加えた俺たちはレガラド鉱山にあるモグモグ族の集落にたどり着いた。

「じゃあ、あたしとコニアはモグザに会ってくるわ」

「また後ほどなのです！」

レギナとコニアの目的はモグモグ族との商談の成立なので、収穫が目的の俺たちとは別行動だ。

二人が集落の中心地へと向かって行くのを見送ると、俺たちは集落から少し離れた場所にある畑へと移動。

「あっ！　イサギたちモグ！」

「やあ、そろそろ収穫だろうと思って様子を見にきたよ」

「初めてのことで勝手がわからなかったから助かるモグ！」

モグートだけでなく、他のモグモグ族も瞳を潤ませる。

メルシアから収穫の手順は教わってはいたが、初めての行いのために収穫するのを躊躇《ためら》っていたようだ。そこにちょうど俺たちが駆けつけた形らしい。

「まずは作物の様子を見てもいいかな？」

「お願いするモグ！」

「それでは失礼します」

モグートたちが見守る中、俺、メルシア、ティーゼは畑を確認していく。

「うん、トウモロコシは収穫期を迎えているね」

トウモロコシの茎は太く、青々とした葉っぱもかなり大きくなっている。

茎に対して身が倒れており、雌花の髭も茶色く、しっかりと乾燥していた。

「ジャガイモの方も収穫できますね。葉が黄色くなっていますし、茎がしなびてきていますから」

ティーゼがそう言いながら少し地面を掘ってみる。

微かに露出したジャガイモの実は十分に肥えていることがわかるほどだ。

「ティーゼさんも詳しくなりましたね」

「大農園で色々な作物と触れ合っていますから」

穏やかな笑みを浮かべるティーゼには自信のようなものが感じられた。

大農園での作業は彼女にとって間違いなくプラスとなっているだろう。

この調子で知識や経験を蓄積させていけば、ラオス砂漠のために品種改良した作物でも難なく育てることができるだろう。

「全体を確認しましたが作物に虫害や病害といったものはありませんでした」

「ドローバの泥を肥料にしたことによる異常もないね」

過成長を起こしている様子もないし、土の栄養を余分に吸収している様子もない。

俺の改良した泥肥料は正常に効果を発揮したと言えるだろう。

「ということは、収穫ができるモグか？」

「うん、問題ないよ」

「やったモグ！　すぐに収穫を始めるモグよ！」

こくりと頷くと、モグートたちはトウモロコシ畑へと入ってきた。

先に収穫するものが大好物のトウモロコシなのは仕方ないだろう。

「収穫の仕方は握り込んで下に捩《ね》じるようにすればいいんだけど――」

「モグモグ族の皆さんは爪でそのままいけますね」

俺とメルシアがそんな言葉を漏らす中、モグートをはじめとするモグモグ族が器用にトウモロコシの茎を爪で切っていく。

「イサギ！　これで問題ないモグか!?」

「問題ないよ。その調子でドンドンと収穫していこう」

「わかったモグ！」

スッと茎から実が離れ、コンテナの中へと納められていく。

いくつかのトウモロコシの外皮をめくってみると、しっかりとした黄色い粒がある。

どれもしっかりとしているな。

「イサギ、大問題が発生したモグ！」

収穫されたトウモロコシを確認していると、モグートが慌てた声をあげる。

作物に異常がないかは三人で確かめたはずなんだけど、何か問題でもあったのだろうか？

「え!?　どうしたの!?」

「上に生《な》っているトウモロコシに手が届かないモグ！」

モグートの言葉にがっくりとしそうになったが、彼らからすれば大問題のようだ。

「あー……それは計算していなかったかも」

収穫を迎えられるほどに成長したトウモロコシの背丈は二メートルを超える。

それに対してモグモグ族の身長は八十センチといったところか。

下から真ん中の方に生っているものは問題ないが、上の方に生っているトウモロコシは届かない。

「手が届くように台を作ってあげるよ」

「ありがとうモグ！」

錬金術を発動し、土の台を作ってあげると、モグートたちはそれに乗って上の方に生っているトウモロコシを収穫する。

「台を移動させて乗っては収穫するのは手間かもしれないけど、これが無難かな」

「トウモロコシのためならなんてことないモグ！」

「今後を考えると、トウモロコシの背丈を低くする方がいいかな」

「そんなことができるモグか？」

「うん、錬金術で調整すればね。その代わり一回の収穫量は三割ほど落ちるし、実の大きさも小さくなるけど……」

そんな提案をすると、モグートが鼻息を荒くして断固反対の姿勢を見せた。

「だったら今のままがいいモグ！」

多少不便であっても収穫量は多い方がいいらしい。

まあ、高いところの収穫だけをゴーレムに任せてもいいし、今は畑もそれほど広くないので深刻に考える必要はないだろう。

「トウモロコシの次はジャガイモを収穫しようか」

トウモロコシの収穫をひと通り終えると、今度はジャガイモの収穫へと移る。

「ジャガイモの収穫のやり方は覚えているかな？」

「優しく土を掘って、根を引っこ抜いてやればいいモグね？」

「そうだよ」

モグートが一つの株の前にやってくる。

ずんぐりとした腕を使って土をかき分けると茎葉を掴んで引っこ抜いた。

すると、根には十個ほどの大きな丸い実がついていた。

「おおー！　大量だね」

「こんなにたくさんの実がついているモグか！」

一つ一つの実が大きく、しっかりと成長している。

トウモロコシと同様にこちらも問題ないようだ。

茎葉を落とすと、余分な土を落として木箱へと入れた。

「たまに根から外れた実があるから土の中もしっかり確認するようにね」

「本当モグ！　ジャガイモがあったモグ！」

まるで宝物を見つけたかのような無邪気な反応を見せるモグート。

土の中に埋まっている大きなジャガイモを見つけると、不思議とワクワクするよね。

「こっちも収穫していいのか？」

「いえ、そっちのジャガイモはまだ葉が青々としており実も小さいです。まだ成長の余地があるので黄緑色くらいになったら収穫してください」

「へー、そういうものなのかぁ……」

少し離れた畝では、ティーゼが他のモグモグ族に収穫期について教えてあげていた。

最初はいつ収穫をしていいか見極めるのが難しいと思うが、失敗を繰り返しながらもわかるようになってくれればいいと思う。

ジャガイモを収穫していると、メルシアが隣にやってくる。

「こうやってジャガイモを収穫していると、イサギ様がプルメニア村にやってきたばかりの頃を思い出しますね」

「まだ一年も経過していないのが信じられないくらいだよ」

もう何年も前のことのように感じられるのは、ここで過ごす日々がそれほどに濃密だということだろう。

「……またジャガイモのソテーが食べたいな」

あの素朴な味わいが忘れられない。

「あとでお作りしてあげますね」

ぼんやりと呟くと、メルシアが嬉しそうに笑った。

29話　宮廷錬金術師は建築依頼を受ける

モグモグ族の集落の畑で収穫を手伝った三日後。

俺とメルシアは工房にてモグートたちが提出してくれた生育記録に目を通していた。

「レガラド鉱山で泥肥料を使った作物の栽培は問題ないみたいだね」

「はい。地下の実験農場とおおむね同じ成長率となっています」

記録用紙を見てみると、一日ごとの生育データがびっしりと書かれている。

その数値は俺たちが計算していた範囲に収まっている。

長期的な栽培については未だに不明だが、少なくとも短期的な栽培についてはまったく問題なく成功したと言えるだろう。

「あとは引き続きジャガイモとトウモロコシの栽培を様子見だね」

「ニンジン、タマネギ、トマト、キュウリなども追加で植えましたので、そちらの生育記録も期待して待ちましょう」

第一陣の作物が成功したことにより、畑のさらなる拡張が行われている。

第二陣が成功すれば、さらに畑を拡張して、作物を増やしていく予定だ。

順調に進んでいけば、モグモグ族も農業による自給自足を行うこともできるだろう。

その日が楽しみだ。

「この記録を元に大農園でも泥肥料を使用した栽培を進めてくれるかい？」

「かしこまりました。そのようにいたします」

メルシアはさらりとした黒髪を縦に揺らすと、生育記録を手にして工房を退出する。

この生育記録を元に進めていけば、大きなロスを出すこともなく育てることができるだろう。

生育記録を眺めながら大農園の大まかな年間スケジュールを考えていると、不意に工房の扉がノックされ、メルシアが戻ってきた。

「あれ？　どうしたの？」

「イサギ様、コニアさんが話をしたいとのことで応接室でお待ちです」

どうやら大農園に向かうタイミングでコニアがやってきたようだ。

「わかった。すぐに向かうよ」

コニアとは昨日会ったばかりだ。

間を置かずに会いにくるということは、何かしらの大事な話があるのだろう。

それならメルシアもいてくれた方が円滑に進みそうなので、彼女にもついてきてもらうことにした。

俺とメルシアは工房を出ると、自宅にある応接室へと移動する。

「イサギさん、お忙しい中お邪魔して申し訳ないのです」

「いえ、構いませんよ。今日は話があるとのことですが何でしょう？」

お互いの近況については三日ほど前に語り合ったことなので、今日はそういったものを抜きにして本題から入ることにした。

「今日はイサギさんにご相談といいますか、ご協力をお願いしたくてやってきたのです」

「俺が力になれるかはわかりませんが、とりあえず話は聞きましょう」

「プルメニア村にワンダフル商会の店舗を構えることが決まったのです！」

ソファーに腰掛けていたコニアが立ち上がり、どこか誇らしげに言ってきた。

獣王国の商店事情に疎い俺には、どれだけすごいことなのかわからない。

「……えーっと、メルシア。これってすごいことなんだよね？」

「ええ、とてもすごいことです」

思わず尋ねると、メルシアが真顔で答えた。

いや、真顔というより驚きすぎて呆然とした顔になっていると言った方が正しいか。

「おめでとうございます」

「ありがとうございますなのです！　以前から商会長に打診していたのですが、ようやく許可をいただけたのです！」

「決め手となったのはレガラド鉱山ですか？」

「そうなのです！」

コニアによると、もともと俺の魔道具や大農園の作物の売買をするだけで出店する価値は十分にあるからと計画していたようだ。

しかし、そんな時に帝国が侵略してき、プルメニア村への出店計画は先延ばしになっていたのだが、村の傍にあるレガラド鉱山が獣王国のものとなったことで風向きが一気に変わったようだ。

「モグモグ族の宝石の加工技術には目を見張るものがありますからね」

「はいです！　モグモグ族から定期的に装飾品を卸してもらえることになったのです！」

レギナと一緒にモグザと話し合いをしていたが、そちらの交渉は互いにとってよいものとなったようだ。

「この村に支店が建つのはわかりましたが、それで俺にお願いというのは？」

「支店となる店舗をイサギさんに建てて欲しいのです！」

「俺がですか？」

「ワンダフル商会の看板を背負う以上は生半可な建物を建てるわけにはいかないのです。しかし、今から職人を発注して気合いの入ったものを作るとなると、かなり時間がかかることになってしまい、商売に支障が出てしまうのです！」

「そこで錬金術を使って、迅速に建てることのできる俺の出番ですか……」

「はいなのです！」

コニアが俺を頼ってきた理由は非常に納得できる。

ワンダフル商会の支店ともなれば、生半可のお店ではダメだろうし、勢いに乗って商いを始めるためには今すぐに店舗を構える必要がある。

プルメニア村にも職人はいるが、大きな規模の店舗を建てるには人手が足りず、獣王都から職人を呼び寄せようにも時間や費用もかかることだろう。

その点、俺の錬金術にかかれば販売所くらいの大きさの店舗なら作るのに半日もかからない。

「……俺はあくまで錬金術師であって本職の職人ではありませんよ？」

「イサギさんの腕を見込んで頼んでいるのです」

念を押すように言ったが、コニアからは揺るぎのない信頼が返ってきた。

これ以上の謙遜はこちらを信頼してくれたコニアに悪いだろう。

「そこまで言っていただけるのでしたら引き受ける方向で考えましょう」

「ありがとうなのです！」

コニアは大農園設立のきっかけをくれた恩人でもあり、作物や魔道具の販売で日頃からお世話になっている。彼女が俺の力を必要としているのならば、それに応えてあげたいと心から思った。

「ケルシーさんからの許可はあるのですか？」

「あ、既に村長さんにはお話を通していて、土地の選定も決まっているのです！」

「……随分と動きが早いね」

「父としても出店を断る理由もないですから。むしろ、もろ手を挙げて歓迎したはずです」

メルシアの推測を肯定するようにコニアがにっこりと頷いた。

「それでどのような店舗を作りたいのですか？」

「実は既に考えていて、設計図があるのです！」

俺がこのように切り出すとわかっていたのか、コニアが懐から設計図を取り出した。

「随分と詳細な図案ですね」

「専門家に作ってもらったのです」

設計図には内装の雰囲気だけでなく、しっかりと間取りまで描かれている。

商売をする上でどうしても必要な広さが欲しい部分などは、実際に必要とされる数値や材質なども指定されていた。

「こちらは外観のデザインなのです！」

さらに追加された紙には外観の具体的なイメージが描かれている。

中央の屋根は丸みを帯びた犬の顔となっており、看板は骨の形をしていた。

随分とユニークな外観をしているが、メルシアが平然としている辺り、ワンダフル商会の店舗とはこのようなものなのだろう。

「……どうなのです？」

「これなら半日もあれば、問題なく建てられるかと思います」

「さすがイサギさんなのです！」

建物の大きさや広さは販売所の半分といったところ。

やや指定が厳しいところがあるが素材はワンダフル商会が用意してくれているし、問題なく建てられるだろう。

「お値段ですが、こちらでいかがでしょう？」

建てること自体は問題ないと告げたところでメルシアが素早く数字を提示する。

「むむ！　こちらは詳細な設計図を提出しているので、そちらの負担も減っているはずなのです！」

「詳細な指示があるからといって作業が楽になるわけではありません。それにそちらの指定した素材は加工するのも難しいものばかりです。なんですか、ただの倉庫の床素材がアダマンタイトって……」

「それは魔石や魔力を宿した素材などを保管するための倉庫にしたいのです。以前、うっかりと倉庫を爆発させてしまったことが――」

「えっと、俺は先に準備をしておくね」

飛び交う交渉の言葉にはやや不穏なキーワードも交ざっているが、俺は設計図を元にワンダフル商会の店舗を作るだけだ。

30話　宮廷錬金術師は支店を設立する

「ここにお店を建ててほしいのです！」

コニアがそう言ったのは、プルメニア村の中央広場から少し東に離れた空き地だった。

「人が多く住んでいる中央地から近く、大農園や販売所からもほどよく近い立地ですね」

この辺りであれば、基本的に地面は平地だし、中央広場から延びた道も目の前にある。

商いをするのにピッタリだろう。

「まずは周辺の雑草の除去をしようか」

マジックバッグから瓶を取り出すと、蓋を開けて液体を撒き散らす。

液体をかけられた雑草は茶色く変色すると、スーッと音を立てて枯れた。

「とても効果が高い除草液なのです！　これもイサギさんが作ったのですか⁉」

「ええ、錬金術で除草成分や即効性を強化したものですよ」

「これも商会で是非取り扱いたいのです～！」

「でしたらオープン記念に差し上げますよ」

「本当ですか⁉　助かるのです！」

除草液を作るのは大して手間じゃない。原液を何倍にも薄めて瓶に詰めているので一度作れば百本はできるからね。

オープンのお祝いに何を贈るべきか迷っていたけど、コニアが欲しがるのであればちょうどいい。

メルシアとコニアだけでなく、手の空いている他のワンダフル商会の従業員にも協力してもらって周辺の雑草を駆除していく。

雑草があらかたなくなると、俺は錬金術を駆使して周囲の地形を均《なら》すことにする。

平地とはいえ、完全に地面が平らというわけじゃないからね。

「よし、これで均一になりましたね」

「「……………」」

錬金術で整地作業を済ませると、コニアをはじめとする従業員の方が酷く驚いていた。

「あれ？　どうしたんだろう？」

「手作業で整地作業を行いますと、かなりの時間がかかりますからね」

「錬金術が使えなくても土魔法が使えれば割とできるよね？」

「ただし、魔力量を多く保有されている方であればですが……」

そんな事情もあって従業員にとっての整地作業はかなり時間のかかる重労働といった認識らしい。しかし、俺にとっては錬金術による物質操作を応用するだけなので非常に楽な作業だ。

コンクリートを薄く平らに敷いて地盤を固め、地面からの湿気を抑える。

「それでは基盤木材の設置と組み立てに移行しますね」

「どうぞ、よろしくお願いしますなのです！」

既にワンダフル商会からトレント木材を受け取っている。

午前の内に魔力コーティングと乾燥を錬金術で何度も行い、店舗に合わせて耐久性を上昇させ、防火性、断熱性、腐食性などを向上させており、伸縮具合も調整している。

あとはこれを魔法と錬金術を駆使して組み立てて店舗を建てるだけだ。

「レピテーション」

コニアから許可を貰った俺は浮遊魔法を使用し、トレント木材で土台となる床板や支柱を設置していく。通常なら木材を組み合わせる時に金具などを必要とするのであるが、錬金術が使えれば、ほとんど不要だ。物質操作で木材同士を吸着させれば、隙間が生まれることもない。変形させれば木材同士を強靭に噛み合わせることも可能だからね。

基礎となる床と支柱の間を埋めるように壁、天井などを積み上げていく。

「はわー、みるみる内に店が出来上がっていくのです」

コニアが建築途中の店舗を呆然と見上げながら呟く。

家、工房、販売所、皆なんかは俺の作りたいように好きに作っていたので、ぶっつけ本番での着手だった。そのため無駄が多く、作っている最中に解体して修正することも多かったが、今回は詳細な設計図があるので、この指示の通りにやっていけばいい。そのため俺が今までこなした建築物に比べると、作業の進む速度はかなり速かった。

一階部分だけでなく二階部分まで出来上がると、屋根の作成に移る。

雨漏りや湿気を防ぐためにスライムシートを敷くと、カラーリングした洋瓦を敷き詰める。

これらも錬金術で結合させているためにちょっとやそっとの雨風で吹き飛ぶこともない。

二本のドーム屋根を作り上げると、ワンダフル商会のシンボルともいえる中央の犬の屋根を作成し、それが咥えるようにして大きな看板骨を作成した。

よし、これでワンダフル商会のプルメニア支店の完成だ。

「こんな感じでいかがでしょう？」

「最高なのです！　早速、中を見てもいいのですか？」

「どうぞどうぞ」

興奮したように耳をパタパタと震わせるコニアが店舗の入口から入っていき、その後ろから俺とメルシア、他の従業員たちが続いていく。

「おおー」

内装を見るなり、従業員たちから感嘆の声が漏れた。

正面のエントランスは広く、天井は吹き抜けエリアとなっており開放感がある。

吹き抜けには大きな窓がついており、入口や階段に明るい日差しが差し込む形になっていた。

「入口がとても広々としてオシャレなのです！　すごいのです！」

「設計図を描いた方の美的センスが優れているのでしょうね」

コニアが感激した声をあげるが、俺はあくまで設計図の通りに作りあげただけなので大して褒められるようなことはしていない。

「そうなのですか？　階段の素材や手すり素材に関しては設計図と微妙に違いますし、イサギ様が雰囲気に合うように調整してくださったかと思うのですが？」

「まあ、確かに調整させていただきましたね。設計図を描いた人に怒られないといいのですが……」

実際に作ってみると、想像していたものと違うことはよくあることだ。微妙に素材や形は変えさせてもらったが、これで本当に正しかったのか少し不安だ。

「あの子はきっと怒らないのですし、私もこっちの方が素敵だと思うのです」

「ありがとうございます」

一階には大きな販売フロアがあり、奥には休憩室、応接室、搬入口、倉庫などがあり、二階も同様に販売フロアと高級販売フロアがあり、事務室、鑑定室、浴場、仮眠室などの従業員たちが使用するエリアが多めとなっていた。

それらの内装デザイン、通路の幅、扉の大きさを細かく確認し、設計図からの修正点などを伝えた上で改めて確認してもらう。

「――以上が説明となりますが、ご質問や不満な点はありますか？」

「まったくないのです！　こちらの想像を大きく超えた完成具合なのですよ！　まさか、支店が半日でできるなんて驚きなのです！」

「喜んでもらえてよかったです」

実際に荷物を運んでみたりすると、廊下の幅が狭くて通れないなどのハプニングがあったものの何とか調整して作り上げることができた。

店舗の出来栄えにコニアや従業員たちも満足してくれているようでよかった。

「お店の開店はいつ頃を予定しておりますか？」

「ここから家具や商品を運び込んで、陳列することを考えると……最短で三日後といったところなのです」

コニアの台詞に後ろにいた従業員たちがギョッとしたような表情を浮かべ、慌てて外で待機させている馬車から家具などの荷物を運び込み始めた。

三日という準備期間を聞いて、今すぐに動き出さないと間に合わないと考えたのだろう。

可愛らしい顔をしているが商売に関してはコニアは厳しい。

「わかりました。三日後の開店日に除草液をお渡ししにいきますね」

「ぜひお願いするのです！」

「ちなみにワンダフル商会では大農園の作物は売るのでしょうか？」

「あ、それは俺も気になっていましたね」

メルシアが尋ねると、コニアがゆっくりと首を横に振った。

「そちらの品に関しては、今のところ取り扱う予定はないのです。イサギさんたちと競合する理由もありませんし、勝てるはずもないのですから」

確かにうちには大農園の作物を専門に売る販売所というものがある。

ワンダフル商会と販売所の距離は、そんなに離れていないし、俺たちから買い取る形になると必然的に販売所よりも値段が上がることになる。

別の集落や街で売り出すなら問題ないにしろ、同じ村の近い場所で販売するとなると誰もそちらで買うことはないだろう。

「あっ！　最後に聞きたいことがあるのですがいいですか？」

「何でしょう？」

プルメニア村でワンダフル商会が開店するとなると、どうしても確かめておかないといけないことが一つある。

「この支店には錬金術師が必要とする魔石や素材を販売する予定はありますか!?」

「ないのです！」

コニアのきっぱりとした言葉に俺は崩れ落ちるのだった。

31話　宮廷錬金術師は商店でブラシを買う

コニアに頼まれて店舗を建てた三日後。

プルメニア村にはワンダフル商会の支店が開店していた。

「うわあ、すごい行列だね」

「何せワンダフル商会ですから」

お店の前には入りきらなかった村人たちが並んでおり、従業員が列の整理をしている。

恐らく、中央広場の方まで続いているんじゃないだろうか。

こんな光景を見るのは、俺たちが販売所の営業を開始した時以来。

いや、もしかするとそれ以上かもしれない。

「今回はお祝いの品を渡しにきただけだし、裏口から入らせてもらおうか」

「そうですね」

お店の中がどんな風になっているか確認したい気持ちはあったが、さすがにこれだけのお客がいたら邪魔になってしまうだろう。

そんなわけで俺とメルシアは裏口の方へと回っていく。

「おい、衣服が足りねえぞ！」

「布地や糸もだ！　品出しを頼む！」

「二階の医薬品が少なくなってきた！　こっちも追加で頼む！」

店舗の裏側にはワンダフル商会の馬車が三台ほど停まっており、従業員たちが必死に木箱を開封しては店内の方へと運んでいっている。

開店初日ということもあり、従業員たちはかなりてんやわんやとしているようだった。

「あっ、イサギさんですね！　すぐにコニアさんを呼びます」

「え？　いや、お祝いの品を持ってきただけなので、そこまでしなくても……」

「いらっしゃったらすぐに呼ぶようにと言われていますので、少々お待ちください！」

除草液を渡したらすぐに退散しようとしたのだが、従業員にそのように言われてしまって俺たちは待つことになった。

「イサギさん！　お待たせしたのです！」

「こちらこそ、お忙しい中すみません。こちらが開店祝いの除草液になります」

「わあー！　ありがとうなのです！」

除草液の入った木箱をメルシアが渡すと、コニアは感激の声をあげた。

木箱の中には瓶が六十本入っている。それなりに重いのだがコニアは軽々と持ち上げ、片手で蓋を開けてみせた。

「詳しい注意については中にメモを入れていますので、そちらを読んでくださいね」

「ご丁寧にありがとうなのです！」

メモ用紙には除草液の使い方、誤って目に入ってしまった時の対応や、希釈などをせずに使用してほしい旨を記した注意書きをしている。

それらを読み込んでおけば正しい使い方を理解し、問題なく販売ができるはずだ。

ついでにそれ以上に効力の強い除草液は、イサギ大農園の販売所にて販売していることも書いてあるのでうちの宣伝にも抜かりはない。

「では、今日のところはこれで」

「えー！　せっかくなのでお二人にも見ていってほしいのです！」

「開店初日に見学させてもらうのはご迷惑ではないでしょうか？」

メルシアがおそるおそる尋ねると、コニアは笑いながら言った。

「これくらいの忙しさはまだ可愛いものなのですよ」

その表情には強がりや虚栄心といったものはない。ただ単に事実を述べただけという余裕があった。

獣王都をはじめとする各街に店舗を構えている大商会からすれば、この規模の列は可愛いものなのだろうな。都会って恐ろしい。

「では、お言葉に甘えて少し見学させてもらいますね」

「どうぞなのです！」

コニアの厚意に甘えて、俺とメルシアは裏口から店内へと入る。

廊下の床には赤いカーペットが敷き詰められており、壁には品のいい調度品などが並んでいた。

「こちらが一階の販売スペースなのです！」

案内された販売スペースに入ると、村人たちが店内の品物を物色していた。

「こちらでは主に生活必需品などを販売しているのです！」

陳列棚には歯ブラシ、歯磨き粉、スリッパ、マット、タオル、消臭剤、洗剤、寝具、食器、調理道具といった村人たちが生活の中で一番に使いそうなものがたくさん並んでいた。

「……すごいですね。本当にお店になっています」

なんとも間抜けな感想になってしまったが、俺が三日前に作った時は本当に何もない店舗だったのだ。それがここまで品のある店内に変わっていると驚いてしまう。

「ふふん、短い準備期間でしたが装飾はこだわったのです」

コニアが自慢するかのように胸を張る。

これだけ短い期間で仕上げられるのは、店舗経営のノウハウがしっかりと蓄積している大商会だからできることだろうな。うちではとても真似できないや。

店内の変貌ぶりに感嘆の息を漏らしていると、ふと隣にいるメルシアがジーッと商品を眺めているのに気付いた。

陳列された商品が気になるらしい。彼女は定期的にミレーヌに買い物に出かけるほどの買い物好きだ。ワンダフル商会の販売している豊富な品物を前にして購買欲が出てきてしまったのかもしれない。

「すみません。少し商品を見てもいいでしょうか？」

「どうぞなのです！　気に入ったものがあれば、是非とも買ってくださいなのです！」

「俺のことは気にせずに好きに見ていいよ」

「ありがとうございます、イサギ様！」

メルシアは嬉しそうに笑みを浮かべると、軽やかな足取りで店内を移動し始めた。

さて、俺はどうしようかな。

錬金術に使えそうな素材はないので俺も生活必需品を見て回ることにするか。

これだけ豊富な商品があるのであれば、今後は俺も一人で買い物にくる可能性が高い。

どんな商品が売っているか把握しておくことも必要だろう。

そんなわけで俺ものんびりと気ままに陳列されている商品を眺める。

すると、多くの村人が集まって眺めている品物があった。

多くの人が集まるということは、それだけ人気の商品なのだろうか。

近寄って見てみると、棚にはたくさんのブラシが並んでおり、壁にもかけられている。

「あら、イサギちゃんじゃない」

小首を傾げていると、隣の人に声をかけられた。

視線を向けると、メルシアの母であるシエナがいた。

「こんにちは、シエナさん。ところで気になるんですが、どうしてこんなにもブラシを熱心に眺めているんです？」

「それはブラシだからに決まっているじゃない」

尋ねると、シエナが何を当然のことを？　とばかりに返事した。

ちょっと意味がわからない。

「ええ？　こんなにもいります？」

ブラシの大きさや形が違っているだけでなく、毛先として使用している素材が豊富のようだ。豚や猪《いのしし》の毛、黒馬の尻尾を使ったものから、ワイバーンの髭などと多岐にわたっており、オーダーメイドまで受け付けている。ただのブラシにしては物凄いこだわりだ。

思わず漏らした俺の呟きに対して、シエナだけでなく、どこからか聞きつけたコニアから強い反論が飛んできた。

「いるわよ、イサギちゃん！」

「そうなのです！　必要なのです！」

「イサギさん、獣人族にとって自らの尻尾の手入れは欠かせないものなのですよ？」

「そ、そうなの？」

「ええ、私だってお風呂上がりには三種類のブラシを使って毛並みをしっかりと整えながら乾かし、保湿クリームを丹念に塗り込んでいるわ〜」

「そ、そうなんですね。メルシアが尻尾を手入れする姿なんて見たことがなかったので……」

「それは当たり前よ。異性の前で尻尾をブラッシングしている姿なんて見せられないもの」

「そうなんですね……」

獣人が尻尾を大事にしているのはわかるけど、尻尾の手入れを人前でできない理由はよくわからなかった。

「あっ！　いいこと考えちゃったわ！」

「何でしょう？」

「イサギちゃん、ここのブラシを買ってメルシアちゃんにブラッシングしてあげなさい！」

「……それって獣人的にダメだったりしないでしょうか？」

詳しく知っているわけではないが、過去の経験からして獣人族の耳や尻尾には何かしらの特別な意味があるのを理解している。シエナの提案が何かしらの種族ルールに違反しているのではないかと心配だ。

「恋人や家族であれば問題ないのですよ」

にっこりとした笑みを浮かべてコニアが言う。

一応、特別な行為らしいが、恋人であれば問題ない範疇《はんちゅう》らしい。

「それでメルシアが喜ぶのでしょうか？」

「間違いなく喜ぶわね」

女性にとっては憧れのシチュエーションなのですよ！」

シエナが微笑み、コニアがやや陶酔した表情で言ってくる。

女性である二人がそこまで言うのであれば、メルシアも喜んでくれるだろう。

「わかりました。家でやってみようと思います！　ちなみにどのブラシがいいのでしょう？」

「猫系獣人のブラシはこちらなのです！」

「この中だったら群竜の髭ブラシ、青豚の毛ブラシ、魔黒馬の尻尾のブラシを順番に使うのがいいわ！」

コニアが持ってきたブラシの中からシエナは一瞬で三つのブラシを手に取った。

母親だけあり、娘がどのようなブラシを好むか理解しているようだ。

「ブラシ三個で金貨十五枚なのです」

「高い！　けど、これでメルシアが喜んでくれるなら……」

「うんうん、甲斐性のある恋人ができて私も嬉しいわ」

メルシアのために気前よく金貨を払う俺を見て、シエナは嬉しそうにニコニコと笑うのだった。

32話　第三皇子は錬金課に見切りをつける

捕虜を連れてレムルス城に戻った第三皇子ルドルフは、皇帝をはじめとする他の皇子たちに今回の戦の経緯と戦後に獣王国と交わした交渉内容についての釈明を終えた。

「和平交渉を結んだことにお怒りでしたね。特に第二皇子のユングリッド様が……」

「あれはあくまでポーズですよ。ユングリッドは実直で血気盛んなイメージがありますが、バカではありませんから」

大敗した相手に情報もなしに再び戦争を仕掛けることがどれほど無謀か……ユングリッドは政治にこそ疎いが、武勇に優れているためにそれをよく理解していた。

しかし、第一皇子であるウェイスが敗れ、捕虜となっている状態をよしとすれば、獣王国に対して臆していると思われる。今は自身の求心力を上げるために強気な態度を取っているだけであるとルドルフは見抜いていた。

他の皇子や大臣たちも同じようなものだ。

ウェイスと大臣であるガリウスを連れて帰ることはできなかったことを詰められることはあったが、誰も強く糾弾することはない。

何せ帝国は宣戦布告をせずに獣王国に侵略したのだ。敗戦した総大将の末路など問答無用で処刑されるのが普通だ。捕虜になったのが貴族であっても変わりはない。

そんな状態にもかかわらず賠償金を支払い、まともに稼働させていなかった鉱山を一つ譲っただけで停戦に持ち込めたのだ。帝国にとっては安いものである。

まあ、他の皇子は一時的に譲ってやっただけで、あとで取り返すなどと不穏なことを考えているかもしれないが、それに関しては今すぐにの話ではないだろう。

「皇帝陛下に関しましてはどうなのでしょう？」

「見たところ特にお怒りといった様子はなかったと思います」

ルドルフは交渉において皇帝より強い権限を与えられている。

それにより独断で交渉を取り纏め、事後報告となっても皇帝は怒ることはない。

特に具体的な方策を言い渡すこともなく、ルドルフに任せると放り投げた。

我が父でありながら何を考えているかわからないが、皇帝は幼き頃からそんなものなので気にすることはない。やる時はやる人なので必要とあれば、何かを口にし、行動に移すであろう。

「さて、イザベラ。プルメニア村で手に入れた作物の解析はいかがですか？」

帰国してからルドルフが各方面への調整や報告書類などを纏めている間に、宮廷錬金術師たちにイサギの改良した作物の解析を行わせていた。

「あれから五日ほど経過していますが、今のところ宮廷錬金術師からは何の報告も上がってきていないです」

イザベラからの報告を聞き、ルドルフは足を止める。

「……何もですか？」

「はい」

怪訝な表情でのルドルフの問いかけにイザベラは少し気まずそうに頷いた。

「一度、様子を見に行ってみましょう」

どうにも嫌な予感がしたルドルフは進行方向を変え、宮廷錬金術師たちのいる工房へと向かうことにした。

「ルドルフ様！」

ルドルフが工房の中に入ると、宮廷錬金術師たちが驚いたような声をあげた。

「そこのあなた。私が頼んでおいた作物の解析はどうなっていますか？」

いつまで経っても責任者がやってこないのでルドルフは近くにいた宮廷錬金術師の男に尋ねた。

「おい、持ち込まれた作物の解析は誰がやってるんだ？」

「「…………」」

男は工房全体に聞こえるように問いかけたが、誰も声をあげることはない。

おい、誰かやっていないのか？　誰もがそんな他人任せな視線を飛ばし合っていた。

「……もしや、誰もやっていないのですか？　ルドルフ様からのご命令ですよ？」

「も、申し訳ありません！」

イザベラが呆れを含んだ声をあげると、目の前の男が深く頭を下げた。

帝国において皇族からの指示は強制と同じだ。それをやらないというのは皇族に反意を持っていると捉えられかねない。それを理解しているのか男は可哀想なほどに顔を真っ青にしていた。

「謝罪よりも先に着手できていない理由を教えてください」

ルドルフは色々と言いたいことを堪えつつも落ち着いて尋ねる。

「何分、後ろ盾であったウェイス様や統括していたガリウス様が虜囚の身となり、さらには錬金術師長も戦争で亡くなってしまったため錬金課は混乱しているのです」

冷や汗をぬぐいながら必死に現場の状況を説明する男。

確かにこれだけ上の者がごっそりといなくなってしまっては現場が混乱するのも無理はない。

ウェイスが仕掛けた戦争の影響がここにまで出ていた。

「次の錬金術師長と目される人は決まっていないのですか？」

「明確には決まっておらず、お恥ずかしながら言い争いとなっています」

錬金術師長ともなれば、後ろ盾となる皇族や統括する大臣からの覚えも目出度《めでた》くなる役職だ。

貴族出身の彼らが目を光らせて争うのも無理はない。

「あ、あの、錬金課はどうなるのでしょうか？」

「……具体的にどうなるかは決めていませんが、取り潰しになることはないでしょう」

「そうですか」

帝国は魔法技術、魔道具産業によって発達した国だ。

管理していたウェイスたちがいなくなったところでそれを取り潰すことはない。

そのことを伝えると、男はわかりやすく安堵の息を漏らした。

「事情を考慮した上で改めて作物の解析を頼みたいのですが可能でしょうか？」

「……恐れながら我々の得意分野は軍用魔道具を作ることですので、こういった解析が不得意でして……」

「あなたたちは宮廷錬金術師なのでしょう？　同じものを再現できなくとも調べることくらいはできるのではないでしょうか？」

「は、はぁ……こういった雑――仕事は専門外なので……」

イザベラが語気を強めて言うと、男は困惑しながらそんなことを言う。

帝国の宮廷錬金術師は人殺しの魔道具を作ることしか能がないらしい。

「では、これを解析できる者を探して――」

「イザベラ、それについては私たちでやることにしましょう」

「……そうですね」

やる気がない者たちに仕事を任せても仕方がない。

「錬金課についてはこちらで誰が管理をするのか早急に決めておきます」

「ありがとうございます！　助かります！」

ルドルフは柔和な笑みを浮かべると、イザベラと共に早々に工房を退出することにした。

「いくら軍用魔道具を作ることに特化しているとはいえ、それ以外がまったくできないというのは……」

「軍用魔道具の製作に特化した者を集め、軍事力を高めるのがウェイスとガリウスの方針だったのでしょう」

今の錬金課の状況は、二人が作り出したものだ。現場の彼らだけが一概に悪いとも言えなかった。

「しかし、実際に錬金課は上手く回っているように見えましたが……」

「恐らく、それ以外の業務のすべてをイサギさんが担っていたのでしょうね」

改めてイサギという宮廷錬金術師の規格外ぶりを理解するイザベラとルドルフである。

「作物の解析は外の錬金術師に任せますか？」

「専門外の錬金課に任せるよりもその方がいいでしょう」

レムルス城で働く宮廷錬金術師ほどの優秀さはないが、帝都にも工房を構える錬金術師はいる。

ルドルフは宮廷錬金術師たちに見切りをつけて、外の錬金術師たちを頼ることにした。

33話　宮廷錬金術師は秋が旬の作物を植える

ワンダフル商会から帰還すると、俺とメルシアは大農園へと移動し、従業員を招集していた。

俺たちの前にはネーア、ラグムント、リカルド、キーガス、ティーゼ、ロドスといった大農園の従業員たちが集まっていた。

「イサギさん、今日は何するのー？」

「皆さんには今日から秋の作物を植えてもらいます」

月日は九月の半ばを過ぎた。

青々とした枝葉は色を変えて葉を落とし、気候も穏やかなものへと変わりつつある。

季節は夏から秋へと移り変わっているといっても過言ではないのだ。

イサギ大農園では季節にかかわらず作物を育てることが可能であるが、それぞれの季節に適した旬の作物はひと際美味しい。であれば、それを育てないわけにはいかないだろう。

本来はもっと早く植えるべきだけど、イサギ大農園の場合は成長が早いので問題ない。

「この時期に合わせて品種改良をしたのは、秋ジャガイモ、赤ニンジン、サツマイモ、冬カボチャ、カブ、ホウレンソウ、芽キャベツ、落花生です」

俺はマジックバッグから品種改良した作物の種と苗を取り出す。

これらは事前に地下の実験農場で栽培し、安全を確認しているものだ。

寒さに強く、冬に育てやすい品種なので植えれば大農園の土地でもすくすくと育つだろう。

「この時期に合わせてってことは、前々から準備をしていたってことだよな？」

「そうだけど？」

「お前、よくそんな時間があるな？」

「最近は皇子との会談に、レガラド鉱山の調査、モグモグ族への農業技術の提供、ワンダフル商会の店舗の建築と色々とお忙しかったですよね？」

「まあ、それなりかな？」

やるべきことがありすぎたせいで趣味の魔道具やアイテムを作ることができていないが、その程度の忙しさだ。

「連日の無理な生産ノルマもないし、突然仕事を追加されることもないからね」

帝国で宮廷錬金術師をやっていた時は、毎日のように夜遅くまで働かされていた。

やってもやっても仕事が終わらない毎日に比べれば、今は自分のペースで仕事ができ、適度に休むこともできるからね。

それに何よりも仲間が皆人格者なのが素晴らしい。

仕事内容が過酷なのも嫌だけど、一緒に働く人たちと気が合わないのも中々に辛いからね。

そんな過去の職場、労働内容と比べると、今の生活は天国だ。

なった。

「イサギさんがいても終わらない業務内容って度を越していますよ」

帝国での職場状況、業務内容の一端を語ってみせると、キーガスたちがちょっと引いた顔になった。

「まあ、俺の過去の職場はさておいて、新しい作物を植えるのに問題はないかな？」

新しく作物を増やすことについてはある程度メルシアと話し合っているが、これだけ育てる数が多いと従業員たちの温度感も確かめておきたい。

問いかけると従業員たちが腕を組んで考え込むような表情を浮かべた。

「すべての種類を植えて、安定した品質を維持するには人手が足りないです」

真っ先に手を挙げて答えてくれたのはラグムントだ。

こういう時に物怖じすることなく事実を伝えてくれるので彼の存在は非常に助かる。

「そうか？　俺はまだまだ余裕だけどな？」

「それは私とあなたがまだ半人前だからです」

「げっ、マジかよ……」

キーガスとティーゼも大分農作業に慣れてきたが、剪定《せんてい》や摘芽などといった知識と経験が必要とされる作業を一人で行うことはできないからね。

どうしても任せることのできる業務が限られてくるのは仕方がないことだ。

「そ、そうか……」

「新しい作物は安定させるのに時間がかかるから、ちょっと余裕が欲しいところかな」

「単純に馬力が足りねえところはゴーレムが増えればいいんじゃねえか？」

ネーアが新しい作物と業務量に対する素直な心情を吐露し、リカルドが問題を改善できそうな打開案を述べてくれる。

いいね。そういった台詞を待っていた。

「レガラド鉱山で魔石や鉱石類も手に入ったし、作業用ゴーレムを追加で作ることもできるよ？」

「おお！　それなら大まかなところや収穫作業は問題ねえんじゃねえか⁉」

「ええ、それで六種類はいけるかと思います。残りの二種類は日々の業務量を見ながら判断というところでしょうか」

リカルドの視線を受けて、大農園を統括しているメルシアが冷静に判断を下した。

「うん、その感じならいけると思う！」

「……俺も問題ないと思います」

メルシアの方針に異論はないようでネーア、ラグムントをはじめとする従業員たちが頷いた。

「じゃあ、そんな感じでやっていこうか」

俺が大まかに号令を出すと、メルシアが育てる場所の選定をし、従業員たちに畝づくりを指示してくれる。

作物ごとに管理する従業員を割り当てると、従業員たちは素早く行動を開始した。

「やっぱり、ちょっと人手が足りなかったみたいだね」

メルシア個人の意見として聞いてはいたが、こうやって従業員の皆から意見を聞くのは久しぶりだったかもしれない。

獣人たちは一般的な人間に比べると、かなり体力があるから日々の業務がどれほどの負担になっているかわかりづらい。

従業員たちにも小さな不満や不安があったようなので、それらを素直に口にできる場を用意しておいて正解だった。

「獣王国全土を襲った飢饉の影響はまだ強く、先日の戦いのせいで食料需要は高いままですから」

平時であれば、ここまで根を詰める必要はないのだけど、今は国全体として食料が足りないみたいだしね。

ライオネルからもできる限り生産量は落とさないで欲しいとお願いされている。

「育てる作物を選別するべきなのかな？　旬じゃない食材の生産量を落としてみるとか……」

現状を維持するためにも新しく作物を増やすのであれば、業務量のつり合いがとれるようにいくばくかの作物の栽培を止めるべきだろうか？

「季節外れや旬ではない作物も食べられるということも大農園の大きな魅力の一つです。それを手放すのは少し惜しいです」

「そうだよね」

うちの大農園の強みは、季節に関係なく作物を育てられるところにある。

旬じゃないからといって栽培をやめては強みを消すことになってしまうだろう。

「じゃあ、手間がかかる上に生産量の少ない作物だけをやめてみる？　たとえば、エビルイモとか……」

エビルイモはサトイモの旨みを強くし、よりねっとりとした食感を持つ独特な作物だ。

常に土壌を湿らせておかねばならず、乾燥しすぎても湿りすぎていてもいけない。

時折、魔力を注がなければ収穫した時の旨みととろみが下がってしまう、管理が非常に面倒な作物だ。

独特な食感から村内ではあまり人気がないので栽培を止めてしまってもいいんじゃないかと俺は思っている。

「エビルイモにつきましては黒蝙蝠族《こうもり》の大好物らしく、生産を止めてしまうとプルメニア村まで押し寄せる可能性があるとのことで……」

「えええ……」

黒蝙蝠族って、獣王軍にもいた魔法を無力化する音波を放つ稀少種族だよね？　そんな種族に大勢押しかけられるなんておっかないよ。

「じゃあ、マトンニンジンは？」

「そちらは人馬族が……」

「こっちのキュリオストマトは？」

「一本角族の大好物です」

手間がかかわる割に生産量の少ないマイナー食材を挙げてみるが、メルシアは淡々と答えては首を横に振る。

「それらの作物を好みとしている種族はワンダフル商会だけでなく、イサギ様にとっても重要な取り引き先なので」

それらの種族には、俺が必要としている稀少素材を提供してくれたり、秘境まで採取しにいってくれたりする者もいるようだ。

「……そんなお世話になっている方たちの大好物を減らすことはできないね」

「はい」

メルシアも同じ結論にたどり着いたのか同意するように頷いた。

「作業用ゴーレムを追加しても細かい作業は人間じゃないとできないし、追加の雇用を考えた方がいいのかな？」

「今後も作物を増やすことを考えますと、人手は追加した方がいいかと思います」

「だよね」

現場でしっかりと大農園を管理しているメルシアが言うのであれば、その通りなのだろう。

冬になればまた冬が旬の作物を植えるだろうし、まだまだ育ててみたい作物はたくさんある。

「なら、本格的に従業員の追加を考えよう。どこから雇用するのがいいかな？」

「でしたら、モグモグ族などいかがでしょう？　農業に関する知識や常識には疎いですが、あの土を耕す速さと手先の器用さに目を見張るものがあります」

レガラド鉱山の集落で農業を手伝ってくれた際に、モグモグ族たちのスペックの高さには驚いた。小さな身体をしているせいで高いところに手が届かないといった弱点があるが、それらはゴーレムと組み合わせることで解消できる。逆に小さな身体だからこそ背丈の低い作物の管理は俺たち以上に得意だろう。

「でも、モグモグ族が外に出てくれるかな？」

モグモグ族は過去に迫害されたためにレガラド鉱山に住み着くようになった。

そんな彼らが外で働くことをよしとするだろうか？

「私の主観ではモグザさんをはじめとするお年を召した方以外は、それほど外に対して警戒しているように見えませんでした」

「まあ、モグモグ族って基本的に素直で警戒心が薄いもんね」

関わりの深いモグートが特別能天気ということもあるが、モグータやモグリをはじめとする他のモグモグ族も同じようにおおらかな性格だった。

「言ってみる分には問題ないのではないでしょうか?」

「そうだね。相談するだけしてみるよ」

モグモグ族に相談してみてダメだったら諦めればいい。

「早速、行ってくるよ」

「私もお供しましょうか?」

「いや、植え付けの作業もあるし、今日は一人で行ってくるよ」

大農園の仕事はメルシアたちに任せ、俺は一人でモグモグ族の集落に向かった。

34話　宮廷錬金術師はモグモグ族を雇用する

レガラド鉱山の麓まではゴーレム馬ですぐに行けるのだが、ティーゼの翼がないと集落に通じる入口にたどり着くのに時間がかかってしまった。

やっぱり、高低差のある道のりだと彼女の翼があった方が速い。

空を飛んで移動できることの便利さを痛感した。

坑道を突き進みモグモグ族の集落にやってきた。

太陽光の魔道具で照らされた農作地は集落内でもひときわ明るく、畑には丁寧に作物の様子を確認するモグートたちの姿が見えた。

「イサギ！　今日も様子を見にきてくれたモグか？」

「それもあるけど、今日はちょっと別の用事があってね。モグザさんはいるかな？」

「多分、家にいるモグよ！　案内するモグよ！」

モグートに案内してもらって俺は長であるモグザの家へと移動する。

ここ最近、ちょくちょくと顔を出しにくるために人間である俺がやってきてもモグモグ族は動じることはない。時折、かけられる挨拶に応えながらモグザの家に向かう。

「長！　イサギがやってきたモグ！」

「んあ？　ちょっと待ってろ。もうすぐトウモロコシが茹で上がる」

家にお邪魔すると、ちょうどモグザは調理中だったらしい。

腰掛けるように言われたので俺とモグートは遠慮なくリビングのイスに座った。

台所の方からトウモロコシの微かな甘みが漂ってくる。

「ふあー……いい香りモグ」

モグートは鼻をスンスンと鳴らし、恍惚《こうこつ》の表情を浮かべていた。

「モグートは本当にトウモロコシが好きなんだね」

「大好きモグ！」

クスリと笑いながら言うと、モグートが当然とばかりに即答した。

ここまで純粋な言葉を言ってもらえると提供した側も嬉しいものだ。

「待たせたな」

トウモロコシが茹で上がったのだろう。長が台所からリビングにやってくる。

「あれ？　長、トウモロコシはどうしたモグ⁉」

「茹で上がったばかりなんだ。少しは冷まさねえと食えねえだろうが」

「そんなぁモグ⁉」

どうやらモグートは茹で上がったばかりのトウモロコシを食べられると思っていたらしい。

「ザルに入れてくだされば、俺が風魔法で冷ましますよ」

「おお！　ならすぐに持ってくるぜ！」

俺がそんな提案をすると、モグザは台所から茹で上がったばかりのトウモロコシをザルに入れて持ってきた。

俺は風魔法を発動すると、湯気を上げているトウモロコシに風を当てる。

通常は手で触れるくらいの温度になるまで放置するものだが、急いで食べたい時はこうやって風を当てて冷ましてやればいい。

「これくらいでしたら食べられますよ」

「やったモグ！」

「助かるぜ！　イサギも食ってけ！」

「ありがとうございます」

ちょうど小腹が空いていたので俺はモグザに勧められるままに塩茹でのトウモロコシを食べる。

大きな黄色い粒が口の中でプチッと弾けた。

「うん、美味しい」

瑞々しいトウモロコシのエキスが口内で溢れ、濃厚な旨みが吐き出される。

柔らかすぎず、硬すぎず絶妙な歯応えだ。まるでひと粒ひと粒が果物のよう。

「美味しいモグ！」

「こいつは相変わらず最高だな」

モグートは一心不乱にトウモロコシに齧《かじ》りつき、モグザはひと粒ひと粒を噛み締めるようにしてゆっくりと食べていた。同じ食材でも人によって味わい方が違うのが面白い。

「で、何か用件があるんだな？」

トウモロコシをひとしきり味わうと、モグザが用件を尋ねてきた。

「単刀直入に言いますと、モグモグ族の方で大農園の仕事を手伝ってくれる方はいないかと探しにきました」

「大農園っていうのは、イサギたちが住んでいる村ってことだよな？」

「そうです」

「ということは外か……」

モグザが少し渋い顔をする。

やはり、迫害された過去があるために外での生活にいい思い出はないのだろう。

「イサギたちの大農園では人手が足りないモグか？」

「うん、そうなんだ。ちょっと外の世界では食料が不足していてね」

「どうしてうちなんだ？　外には俺たち以外にも人手はいるだろ？」

「こちらの集落で作物の栽培をした際に、モグモグ族の農業適性が高いと思ったんです。モグモグ族の方がいれば、土を耕してあっという間に畑を拡張できますし、手先が器用なので収穫作業も早いですから」

「……そうなのか？」

「そうなんです」

世間での一般的な農作業能力を知らないモグザは、自身の種族がそれほどまでに農業に向いているとは思わなかったらしい。素直に驚いているようだ。

「プルメニア村や近隣の集落で募集をかければ人員についてはそれなりに集まりますが、やっぱり農業適性の高い優秀な方を雇い入れたいですから」

「そうか。まあ、俺たちをそんな風に評価してくれるのは嬉しいもんだな」

モグモグ族を募集する理由を告げると、モグザが若干照れつつも納得したように頷いた。

「もちろん、皆さんの過去については把握していますので無理にとは言いません。それでも興味のある方がいれば、いかがでしょう？」

「……イサギの大農園には、ここ以上にたくさんの作物があるモグよね？」

モグザが葛藤を見せる中、モグートが質問をしてくる。

「そうだよ。数えきれないくらいの作物がある」

「トウモロコシ畑はどれくらいあるモグか？」

その中でもやっぱり気になるのは大好物についてらしい。

「広さで言うと、ここの二十倍以上かな？」

「ってことは、毎日トウモロコシが食べられるモグか⁉」

モグートがイスから立ち上がって前乗りになる。

「そうだね。毎日食べても問題ないくらいに収穫できるよ」

「イサギ！　大農園でおいらが働いてもいいモグか？」

正直、俺とも仲のいいモグートがきてくれないかと思っていたが、予想以上にはっきりとした決断がきたので驚いている。

「そんな理由で決めていいのかい？」

「大好物を毎日食べられる上に、恩人であるイサギに恩返しができるモグ！　それ以上に理由は必要ないモグ！」

泥人形の討伐に集落での農業指導といった行いに対してモグートは感謝してくれているようだ。

トウモロコシに飛びついてきたように思えたが、一応はそれ以外の理由もあるようで安心した。

「うちにくるってことは集落を離れて外で生活することになるけど大丈夫かい？」

「別にずーっと帰れなくなるわけじゃないモグよね？」

「もちろん。お休みだってあるし、定期的に集落に戻ってもらって構わないよ」

「なら何も問題はないモグ！」

モグートは安心したように笑うと、どっかりとイスに腰を落とした。

「あっ、でも一人はちょっと寂しいからモグリとモグータも連れていきたいモグ！」

「ひとまず、五人ほど募集したいと思っているから問題ないよ」

「じゃあ、おいら！　あいつらに声をかけてくるモグ！」

「あっ、ちょっと！」

まだモグザの許可が取れていないというのに、モグートは外に出ていってしまった。

まだ具体的に給金や休暇日数などについて何も話し合っていないというのに。

「改めて今回の件についていかがでしょう？」

「構わねえよ。お前さんとこで農業を学べば、ここでより多くの作物が育てられるんだろ？」

「ええ、モグモグ族に還元できるように知識や技術をお伝えするつもりです」

「だったら断る理由もねえな」

「モグモグ族の何名かが外に出ることになりますが？」

「俺らみたいな年寄りは外への忌避感が強いが、モグートをはじめとする若い世代はそうでもねえ。獣王家やワンダフル商会の取り引きが始まることになったんだ。俺たちは嫌でも外の世界と関わることになる。だったら早い内に外に慣れさせる方がいいだろ？」

モグザは長としてモグモグ族の未来を色々と考え、その上で今回の提案に賛同してくれたようだ。

「イサギー！　モグリとモグータも来てくれるモグよ——って、痛いモグ⁉」

ほどなくしてモグートが戻ってきたが階段を踏み外してしまったのか、リビングに投げ出されるようにして転がってきた。

「そそっかしい奴だがよろしく頼むぜ」

どこか鈍くさいモグートの姿を見て、モグザは苦笑しながら言った。

35話　宮廷錬金術師はブラッシングをする

レガラド鉱山からプルメニア村に戻ってくる頃には、空が茜色《あかねいろ》に染まりつつあった。

ゴーレム馬から降りてマジックバッグに収納すると、玄関の扉を開けて中に入る。

「イサギ様、お帰りなさいませ」

「ただいま」

スリッパに履き替えてリビングに上がると、メルシアが宮廷錬金術師のコートを脱がし、ハンガーへと掛けてくれた。

「夕食になさいますか？　それとも先にお風呂になさいますか？」

「お腹が空いているし、先に夕食にしようかな」

昼食はトウモロコシの塩茹でを一本食べただけなのでお腹が空いていた。

「では、すぐに準備いたします」

希望を述べると、メルシアがやたらと嬉しそうに表情を緩めて台所に移動する。

「なんだかご機嫌だね？　いいことあった？」

「うふふ、秘密です」

「わかった。メルシアもお腹が空いていたんだね？」

「違います」

割と自信を持っていたのだがメルシアに即座に否定されてしまった。

あれ？　てっきり彼女もお腹が空いていたから先に食べられることに喜んでいると思ったんだけどな。

「さっきのやり取りがちょっと新婚さんっぽくていいなって思ったんです」

「ええ？　でも、帝国にいた時もよくしていたやり取りじゃない？」

「職場と家では意味合いが違うのです」

かつての職場で何度もやり取りした会話であるが、メルシアによるとどうも場所や状況で変わるらしい。乙女心というのは複雑怪奇だ。

気を取り直すように洗面台に移動し、手洗いとうがいを済ませるとリビングへと戻った。

「何か手伝おうか？」

「では、トーストとサラダをお願いします」

「わかった」

よかった。俺が鈍かったからといって機嫌が悪くなってはいないようだ。

メルシアがメインの調理の仕上げに入る中、俺は人数分のトーストを焼き上げ、食器などをテーブルへと配膳。

レタスを千切り、キュウリとトマトを薄くスライスし、余っていたベーコンを拝借して、クリームチーズ、クルトンを載せ、最後にゴマドレッシングをかければサラダの完成だ。

お手伝いが終わる頃にはメルシアのメイン料理も出来上がったみたいなので大人しく着席する。

「お待たせしました。プレーンオムレツです」

「うわあ、すごい！　とても美味しそうだ！」

お皿の中央に鎮座しているオムレツはとても綺麗な黄色をしており、なんといっても形が綺麗で見ているだけで柔らかさが伝わってくるようだ。

ふわりと漂ってくる卵の甘い香りに思わず喉が鳴る。

「じゃあ、いただくよ」

「どうぞ」

オムレツなのでスプーンでも食べられるけど、中の具合がどうなっているか気になる。

俺はナイフを手にして、オムレツの真ん中にゆっくりと切れ込みを入れた。

すると、中からとろりと半熟の卵が出てきた。

「ふわぁ～！　すごい！　俺もオムレツを作ったことがあるけど、こんなに綺麗にできないや。

何かコツでもあるの？」

「卵液に塩を入れて緩ませるのと、お水を入れることによって水分を含ませることでしょうか」

「なるほど。そういったポイントがあるんだ」

「あの……時間が経過すると固まってしまいます」

「ああ、そうだね！」

一番美味しい内に味わうのが食材と料理人への礼儀だからね。

俺はすぐに切り分けたオムレツをスプーンで口へと運んだ。

「とろとろで美味しい！」

口に含んだ瞬間にとろとろとした食感が広がった。

卵はバターを使って焼き上げられており、ほんのりとバターや胡椒《こしょう》の風味が効いている。

プレーンオムレツなので中に具材は入っていないが、これだけで十分に満足できるだけの味わいだった。

「よかったです。ケチャップもあるのでどうぞ」

「ありがとう」

半分ほどプレーンで味わうと、残りはケチャップソースをかけて味わう。

「うん、ケチャップもかけると美味しいね」

ケチャップの酸味が加わることによって、より卵の甘みが強調されているかのようだった。

付け合わせのサラダを食べて、口の中をリセット。

今度はトーストの上にオムレツを載せて食べる。

ふわりとしたオムレツとサクッとしたトーストの食感が楽しい。

小麦と卵による味わいのハーモニーも最高だった。

空腹だったこともあり、あっという間に俺はオムレツを平らげてしまう。

「モグモグ族の雇用はいかがでした？」

お腹が落ち着くとメルシアが仕事のことを尋ねてくる。

「無事に話はついたよ。モグートたちを含めた五人がきてくれるって」

「モグートさんたちであれば扱いやすい——とても素直なので助かります」

今、扱いやすいって言いかけていたけど、あの素直さは指示を出す側としても非常に助かるのは事実なので否定はできなかった。

「モグートさんがこちらにいらっしゃるとなると、集落の農作業については大丈夫でしょうか？」

「念のため次の収穫を終えてからこっちに来るって」

「無事に引継ぎができているのであれば問題はないですね」

モグート、モグリ、モグータといった中心人物がいなくなってしまうと、集落の農作業に影響が出てしまう可能性があるからね。代わりとなる人員にしっかりと全体の流れを経験させてからこちらに来てくれる予定だ。

多分、一週間後にはプルメニア村にやってくることになるだろう。

モグモグ族の雇用に関する話を終えると、俺たちは食べ終わった食器を一緒に片付ける。

「イサギ様、先に湯浴《ゆあ》みをどうぞ」

「そうさせてもらうよ」

八割ほどの片付けが終わったところで俺はお言葉に甘えてお風呂に入ることにした。

魔道具を起動して湯船にお湯を溜めている間に、髪や身体を洗っておく。

身体が綺麗になった頃にはお湯が溜まっているので、ゆっくりと湯船に浸かった。

お湯を堪能してリビングに戻ると、メルシアがソファーに腰掛けて欠伸《あくび》を漏らしていた。

「あっ」

「お風呂上がったよ。メルシアも入っておいで」

「そ、そうですね」

俺に欠伸を見られて恥ずかしかったのか、メルシアが微かに頬を染めて入浴の準備をする。

今日は朝からワンダフル商会の見学をし、秋の作物を植えたりしていた。

さすがのメルシアも疲れているのかもしれない。

そういえば、シエナにメルシアのブラッシングをしてあげなさいと言われていたな。

ブラッシングをすれば、メルシアも心地よくなってぐっすりと眠れるかもしれない。

「メルシア、お風呂から上がったら俺の寝室にきてくれるかい？」

「はい。わかりまし――って、ええっ⁉」

「それじゃ、またあとでね」

メルシアの妙な返事を耳にすると、俺は寝室に移動してブラッシングのための準備をするのだった。

●

「メルシア、まだかな？」

お風呂から上がったらブラッシングをするために寝室に来てほしいって言ったんだけど、メルシアが中々やってこない。あれから一時間以上は経過している気がする。

メルシアはお風呂に入るのが好きだが、ここまで入浴時間が長いのは早々ない。

お風呂に入る前に欠伸を漏らしていたし、もしかして湯船の中で眠っていたりしないよね？

最悪の事態を想像してベッドから腰を浮かせると同時に扉がノックされた。

「どうぞ」

「は、はい！　失礼いたします！」

返事をすると、メルシアが裏返ったような声をあげて寝室に入ってきた。

湯上がりのためかメルシアが入ってきた途端に石鹸のいい香りがした。

彼女の頬は上気しており、黒い髪がしっとりと濡れていつも以上に艶がある。

「あれ？　今日は寝間着なんだ？」

「メイド服の方がよかったですか？」

「え？　別にそういうわけじゃないよ？　ただいつもと違うなーって」

メルシアは基本的に家でもメイド服でいることが多いからね。

「私もメイド服で挑むべきかとすごく迷いましたが、やはり初めては……その、情緒がある方がいいかと思いまして」

「なるほど？」

妙にメルシアが恥ずかしがりながら言っているが、正直何のことかわからない。

ブラッシングをされるなら尻尾を出しやすい服装がいいということだろうか？

「隣に失礼してもよろしいでしょうか？」

「もちろん」

こくりと頷くと、メルシアがおずおずとベッドにやってきて腰掛ける。

彼女の体重を受け止めたベッドが微かに音を立てた。

隣に座ってきたメルシアは両腕を膝の上に置いてそわそわとしている。

後ろにある尻尾がふりふりと揺られ、チラリチラリと期待するような視線が向けられる。

「どうしたの？」

「あの、イサギ様、もう少し部屋を暗くしませんか？」

「え？　明るい方がよくない？」

「……すみません。私はもう少しだけ暗い方がいいです。もちろん、イサギ様に対して何も隠すべきものはないのですが、いきなり明るい中でというのは……」

メルシアがぶつぶつと暗い方がいいというので俺は魔道具を調節して、部屋の明るさを下げた。すると、メルシアが安堵の息を吐く。

「それじゃあ、メルシア……」

「はい、イサギ様！」

ブラッシングをしようと言いかけたところでメルシアが抱き着いてくる。

「？？」

メルシアの熱烈な抱擁に驚くが、何となく抱き着きたくなったのだろうか？

とりあえず、恋人として抱き着かれて嬉しくないはずはないので受け入れておく。

女性特有の柔らかい身体に包まれる。

ああ、やっぱり好きな人との抱擁って落ち着くな。

こうやって密着しているだけで幸せな気分になる。

だけど、これは今日の趣旨とは外れているな。

俺はメルシアにブラッシングをしてあげたいのだ。

「メルシア、そろそろブラッシングをしよう」

「は？」

抱擁を緩めながら言うと、メルシアが間抜けな声を漏らす。

「……ブラッシングですか？」

「うん。今日はメルシアにブラッシングをしてあげようと思ってブラシを買ってきたんだ」

「え？　あ、わあ！　うあああああああああっ！」

懐からブラシを取り出してみせると、メルシアは急に奇声をあげてベッドの布団にくるまった。

まるで取り返しのつかない失態を犯してしまったかのような反応だ。

いつも冷静なメルシアらしくない。一体、何があったというのか。

「ええ？　そんなにブラッシングをされるのは嫌かな？」

「そういうわけじゃないです！　すみません！　イサギ様、気持ちの整理をするために少しだけ放置しておいてください」

「あ、うん。わかった」

なんだかよくわからないけど、少しだけ時間が欲しいらしい。

「すみません。もう大丈夫です」

「あ、うん。落ち着いたならよかったよ」

五分ほど経過すると、メルシアは気持ちの整理ができたらしく、いつものクールな彼女に戻っていた。顔を真っ赤に染めて奇声をあげた彼女の姿は欠片《かけら》もない。

「ブラッシングをしてくださるとのことですが、一体どうして急に？」

どこか期待と恥ずかしさの交ざった表情をしながらメルシアが尋ねてくる。

こういった機微に疎い俺がこんな提案をするのは、やはり彼女にとって違和感があったのだろう。

「ワンダフル商会のお店を見ている時にシエナさんと会ってね。ブラッシングをしてあげるとメルシアが喜ぶって聞いたから」

「そうだったのですね」

正直に経緯を話すと、メルシアは納得したように頷いた。

「そんなわけでよかったら尻尾のブラッシングをしてあげたいと思うんだけど、どうかな？」

「……お願いします」

メルシアは背中を向けると、黒い艶のある尻尾をこちらに向けて差し出してくれた。

「じゃあ、まずは手でほぐすね」

メルシアの尻尾に手で触れた。

彼女の真っ黒で細い尻尾は滑らかな毛並みをしていた。

コクロウやブラックウルフの尻尾などは太くごわごわとしているのだが、メルシアの尻尾はとてもツヤツヤとしていて触れるだけで心地がいい。

猫獣人にとって尻尾はかなり敏感な部位らしく、強く握ったりしてしまうと痛みを感じることもあるのでそっと優しく撫《な》でる。

しかし、気になるのは俺が手で触れる度にメルシアの身体がビクリと震えていることだ。

獣人の尻尾に初めて触れたためにどのような力加減がいいのかわからない。

「大丈夫？　くすぐったくない？」

メルシアに問いかけると彼女はこくりこくりと頷く。

ずっとこのまま触れていたい気持ちになるが、今日はブラッシングをしてあげるのが目的だ。

尻尾の毛並みを整えるように手で梳《す》くと、俺はワンダフル商会で買ったブラシを使うことにする。

「まずは毛先の荒い群竜の髭ブラシで梳いて、次に少し細かい毛先をした青豚のブラシで梳くよ」

ブラシをくぐらせる度にメルシアは身体をビクリと震わせる。

「最後に魔黒馬の尻尾ブラシで仕上げだよ」

青豚のブラシをくぐらせ、もっとも柔らかい毛先のブラシで付け根から先まで丁寧にブラッシングをすると彼女は何かを堪《こら》えるように口元を押さえて息を漏らす。

明らかに大丈夫じゃない様子だけど、不思議と身体や尻尾が逃げることはない。

とりあえず、最後までやり切ろうと丁寧にブラッシングをした。

ブラッシングを終えると、メルシアの身体から力が抜けて横になる。

「……イサギ様、ブラッシングが上手すぎませんか？」

「シエナさんに教えてもらった通りにやってみたんだけど……」

「道理で私の好みのやり方なわけです」

　ということは、心地よいブラッシングだったらしい。

「喜んでもらえてよかったよ」

　念のためにシエナからやり方を教えてもらっておいてよかった。

　寝室に来てからずっと緊張した様子のメルシアだったが、ブラッシングによってそれがほぐれたようだ。

　こうやってリラックスしながら横になっている姿を見ると、大きな猫みたいだ。

　微笑ましく眺めていると、メルシアの尻尾が甘えるように右腕に巻き付いてくる。

「イサギ様、またお願いしてもいいですか？」

　可愛らしい恋人のお願いに俺はもちろん頷くのであった。

36話　宮廷錬金術師はモグモグ族を案内する

「イサギ様、モグートさんたちが村に到着したようです」

地下の実験農場で作物の品種改良を行っていると、メルシアがノックして入ってきた。

一瞬何のことだろうと思ったが、前回モグモグ族の集落へと赴いてから一週間が経過していたことに気付いた。

どうやら引継ぎ作業を終わらせて、モグートたちがプルメニア村にやってきたらしい。

「わかった。俺が迎えに行ってくる。メルシアは従業員たちを集めておいてくれるかい？」

「かしこまりました」

モグートたちはレガラド鉱山の外にやってくるのが初めてだ。

顔見知りの俺が迎えに行ってあげた方が安心するだろう。

工房を出ると俺はゴーレム馬に乗って村の北口へと移動する。

数分ほど駆けると、北の入口で物珍しそうにしているモグートたちの姿があった。

「やあ、モグート！　プルメニア村にようこそ！」

「わあっ！　ビックリしたモグ」

「あはは、ごめんよ」

見慣れないゴーレム馬にモグートたちはビックリしたらしい。

「どう？　初めての外の世界は？」

「何もかも新鮮モグ！　鉱山からこんなに離れるのは初めてモグよ」

初めての外の世界にモグートはとても興奮しているようだ。

「空が広いっていいな！」

「ああ、歩いているだけで清々しい気分になる！」

モグートの友人であるモグリとモグータも外の世界を噛み締めているようだ。

さらに彼らの後ろには小柄なモグモグ族が二人ほど不安そうにいる。

「早速、大農園の方に案内してもいいかな？　自己紹介はそこでするってことで」

「お願いするモグ！」

ここで自己紹介をするよりも従業員と引き合わせて纏めてしてしまった方がいいだろう。

そう考えて俺はモグートたちを大農園へと連れていくことに。

ゴーレム馬に乗せてあげて移動した方が早いけど、初めてプルメニア村にきたわけだし歩いて移動する方がいいだろう。

「外ってこんなにも人がいるんだな」

「ああ、こんなにも大勢の人を見るのは初めてだ」

道中に見える村人たちの姿に、モグリとモグータが感嘆の声を漏らした。

「ここは外の世界の中でも田舎だから人の数は少ない方だよ」

「こんなに栄えているのにか⁉」

小さな集落に住み、外の世界をまったく見たことがない彼らからすれば、プルメニア村でも十分に都会のように見えてしまうのかもしれない。

プルメニア村について説明しながら歩くこと十五分。

俺たちは大農園の前にやってきた。

メルシアが従業員を招集してくれたからか、既に外にはネーア、ラグムントをはじめとする従業員たちが待っている。

「お待たせ！　今日から大農園で働いてくれることになったモグモグ族を紹介するよ！」

「モグートだモグ！　よろしくお願いするモグ！」

「俺はモグリだ」

「モグータだ。よろしく」

モグートが挨拶をすると、友人のモグリとモグータが続いた。

「……モグゾウです」

「モグミです」

「この二人はおいらの弟と妹モグ！　ちょっと人見知りだけど、よろしくお願いするモグ！」

やや小柄な新顔二人はどうやらモグートの弟と妹だったらしい。

「おうおう。聞いてはいたけど、本当にモグモグ族ってのは小せえんだな？」

「ひっ」

リカルドが声をかけると、モグゾウとモグミが怯えたようにモグートの後ろに回った。

「ちょっと！　怖がらせたら可哀想でしょ！」

「えっ！　いや、オレはそんなつもりはなかったんだが……」

「自分のガラの悪さを自覚しないと」

「ああ、そうだな。悪い――って、ガラが悪いだと⁉」

ネーアに好き放題言われているリカルドが面白かったのか、怯えていたモグゾウとモグミが笑っていた。

やや内気なモグートの兄妹が心配だったけど、この調子なら問題なさそうだ。

「さて、これから大農園やプルメニア村を案内しようと思うけど、気になるところはあるかい？」

「トウモロコシ！」

「まずはトウモロコシ畑が見たいモグ！」

「ここにはでっかい畑があるんだよな？」

従業員との自己紹介が終わったところで尋ねると、モグートたちが食い気味に言ってきた。

初めて人間たちの住む村にやってきたのに、一番に見に行きたいのがトウモロコシ畑とは変わっている。よっぽど好きなんだな。

「ならトウモロコシ畑から案内するよ」

そんなわけでトウモロコシ畑を担当しているキーガス、俺、メルシアがモグートたちを案内し、他の従業員には業務に戻ってもらうことに。

「よし、お前たちもゴーレム馬に乗れ」

キーガスが待機しているゴーレム馬に跨がりながら言う。

大農園の入口には常に複数台のゴーレム馬が設置されており、従業員であれば誰でも使えるようになっている。魔力認証をしていない者は操作できない仕組みなので、誰かに悪用される心配はない。

「さっきイサギが乗っていたお馬さんモグ」

「大農園の中は広いからな。基本的にこいつを使って移動すんだ」

モグモグ族は歩幅も小さいために歩く速度はゆっくりだ。

トウモロコシ畑は大農園の北東側にあって、それなりに距離があるので乗った方が早いだろう。

「穴を掘って移動しちゃダメモグか？」

「大農園の中が穴だらけになっちゃうから勘弁してほしいかな」

恐らく、潜行したら移動は早いのだろうが埋め直すのが大変なので却下だ。

「俺たちの後ろに乗ってくれるかな？」

「わかったモグ」

俺とメルシアもゴーレム馬に跨がると、モグートが俺の後ろに、モグミとモグゾウがメルシアの後ろに、キーガスの角の上にモグリとモグータが乗った。

「……なんで角の上なんだよ」

「「ちょうどいいでっぱりがあったからつい」」

「まあいい。落っこちんなよ」

キーガスがゴーレム馬を走らせると、俺とメルシアも続くように走らせる。

「おおおおおー！　高くて早いモグ！」

後ろに座っているモグートがしがみつきながら興奮の声をあげる。

「今は大農園の中だから速度をかなり抑えているけど、本当はもっと早く走れるよ」

「もっと早く走れるモグか!?　それは便利モグね！」

「小さなゴーレム馬もあるから空いている時間に乗り方を教えてもらうといいよ」

「それは楽しみモグね！」

用意している数は少ないがゴーレム馬の中にはポニータイプといった小さなものもある。

通常のゴーレムに比べると馬力は劣るが、村の子供たちやコニアのような身体の小さな人でも安全に運転できる。モグートたちもそちらを使えば、快適に移動できることだろう。

「わあああ、真っ赤な木の実がたくさん生っているモグ！」

「トマトだね」

「あっちの緑の長細いのは？」

「それはキュウリ」

といった風に大農園で育てている作物の種類をモグートに教えながら移動する。

メルシアの後ろに乗っているモグゾウとモグミも大農園で育てている作物を目にして控えめではあるが質問をしている様子だ。モグリとモグータは悪戯《いたずら》をしているのか、キーガスが怒鳴り声をあげながら蛇行運転をしている。

なんだかんだで互いに気さくなので仲良くなっているようで何よりだ。

そんな風に大農園について説明をしながら移動すると、俺たちはあっという間にトウモロコシ畑に着いた。

「ここがうちにあるトウモロコシ畑さ」

俺たちの視界一面にはトウモロコシ畑が広がっていた。

葉は深い緑色で風になびいて優しく揺れる。

穂は黄金色に輝き、太陽の光を受けて煌《きら》めいているかのようだった。

「これがイサギたちのトウモロコシ畑モグか！」

「すごいな。これ全部トウモロコシなのかよ……ッ！」

「うちの集落で育てている畑とは比べものにならない大きさだ」

大農園の広大なトウモロコシ畑を見て、モグート、モグリ、モグータたちは圧倒されているようだ。

「すげえだろ。ここの畑は俺が管理してるんだぜ？」

「キーガス、すげえ！」

「……尊敬」

「いや、別にそこまですげえことじゃねえからな？」

あまりにも尊敬の眼差しが集中したために思わず言い出した本人がたじろぐ始末。

モグモグ族的にトウモロコシを育てられるのはすごいことのようだ。

「あれ？　なんかこっちにあるトウモロコシは実の形が違わないか？」

そんな中、モグリが訝《いぶか》しむような声をあげた。

「単に収穫期じゃないだけなんじゃないか？」

「でも、髭はしっかりと茶色くなっているし乾燥もしてるモグよ？」

「ああ、そっちはホワイトコーンといって品種が違うんだ」

「品種モグか？」

「特定の能力や特徴が変化したものや、遺伝的に改良が加えられたものだよ」

「能力や特徴が変化？」

「遺伝？　改良？」

品種の意味を説明すると、モグートたちが揃って首を傾げた。

「簡単に申しますと、特別に美味しい白いトウモロコシということになります」

「すごくわりやすいモグ！」

メルシアが端的に説明すると、モグートたちの瞳に納得の色が宿った。

君たちは納得したかもしれないけど、俺は納得できない。

「この白いトウモロコシは普通のよりも美味いのか⁉」

「一本ずつ取ってもいいよ」

俺が許可を出すと、モグートたちが爪を使って茎から実を切り落とした。

ぺりぺりと外皮を剥いていくと、雪のように真っ白な粒が露出した。

「本当に粒が白いモグ！」

「……真っ白で綺麗」

真っ白な粒をまじまじと見つめるモグートたち。

「そのまま食べてもいいよ」

新鮮なトウモロコシは収穫して、そのまますぐに食べることができる。

しかも、このホワイトコーンはそのまま食べても美味しい品種なので問題はない。

「じゃあ、いただくモグ！」

モグートたちが一斉にホワイトコーンに齧りついた。

次の瞬間、俺はモグートたちに雷が落ちたような姿を幻視した。

「――ッ⁉　齧った瞬間にジューシーさが伝わってくるモグ！」

「というか甘い！」

「野菜っていうより木の実や果物を食べたような味だ！」

ホワイトコーンを食べて、モグート、モグリ、モグータが口々に感想を述べる。

モグゾウとモグミはかなり気に入ったのか一心不乱に口を動かしていた。

ホワイトコーンは通常の品種よりも皮が薄くて糖度も高いので、まるでフルーツのような味わいとなっているのだ。

「ホワイトコーンも美味しいでしょ？」

「めちゃくちゃ美味しいモグ！　これも集落で育てられないモグか⁉」

「こっちは初心者が育てるのは難しくてね。でも、モグートたちがしっかりと知識や技術を学べば、いずれは集落でも育てられるようになるよ」

「本当モグか！　なら育てられるように皆で頑張るモグ！」

日光の調整や剪定をするタイミング、適切な量の魔力を生育状況に合わせて注ぐ必要があったりと難易度は高いが、トウモロコシに対して並々ならぬ情熱があるモグートたちならいずれ栽培できるようになるだろう。

「イサギ！　おいらたちはここでもトウモロコシを育てたいモグ！」

ホワイトコーンを食べ終わると、モグートが言ってくる。

皆の様子を見る限り、モグートたちはこちらでもトウモロコシを育てたいらしい。

高いところにある実を収穫するのに時間がかかってしまうという問題はあるが、本人たちのやる気がすこぶる高いのであれば問題はないか。

補助として作業用ゴーレムを二体ほど配置して、台座を活用してくれればいい。

「キーガスはどう思う？」

「これだけ熱意もあるみてえだし、問題ねえんじゃねえか？　俺としては大歓迎だ。正直、畑が広すぎて一人じゃ手が足りねえところもあるからよ」

ポリポリと頬を掻きながら本音を吐露するキーガス。

現状は人並外れた体力があるキーガスだからこそ他の作物を担当しながらトウモロコシ畑の管理ができていると言えるだろう。これはあまり喜ばしい状況ではない。

「わかった。ならモグートたちにはトウモロコシの栽培を任せるよ」

「やったモグ！」

「ただし、他にも作物は育ててもらうからそのつもりでね」

大農園では数多の作物を育てている。

ネーアは野菜、果物。キーガスは野菜、トウモロコシ畑。ティーゼは果物、野菜といった具合にどの従業員にも主な担当がありつつも、何かしらをサブで担当してもらっている。

モグートたちをトウモロコシ畑に割り振ることに問題はないが、他にも何かしらの担当をしてもらいたいところだ。五人という戦力を一か所だけに絞るのは少し勿体ない。

「それについては問題ないモグよ！」

「俺はトウモロコシも好きだけど、他の野菜も好きだかんな」

「集落で他のもたくさん育てられるようになりてえし」

その辺りは事前に集落で話し合っていたお陰かモグートたちも問題はないようだ。

「早速、トウモロコシ畑の手伝いをするモグか⁉」

「いや、初日だから仕事は明日以降でいいよ。まずはこの環境に慣れてもらうことが先決だからね」

「このあとは大農園の各畑を見学し、事務所や販売所などに案内する予定です」

「わかったモグ」

「イサギ様、あとのことはお任せください」

「じゃあ、お言葉に甘えてよろしく頼むよ」

モグートたちのことをメルシアに任せると、俺は工房に戻ることにした。

37話　宮廷錬金術師は低木果樹を植える

モグートたちがやってきた翌日の午後。

俺は工房を出ると、ゴーレム馬に乗って大農園へ向かっていた。

メルシアから聞いた予定によると、今日のお昼からモグートたちが大農園で働くらしいので様子を見るためだ。

彼らの記念すべき最初の作業はどんなものなのだろう。

ゴーレム馬を走らせると、大農園の奥にある空き地にモグートたちの姿が見えた。

その周りにはメルシアだけでなく従業員たちも揃っている。

「これは何の作業かな？」

「早速、モグートさんたちに畑の拡張をやってもらおうかと」

「なるほど」

メルシアだけじゃないのは、他の従業員にモグモグ族の力を見てもらおうという狙いだろう。

新しく入ってきた従業員の能力を理解してもらうのに、これほどわかりやすいものはない。

「では、ロープで指定した範囲の土を耕してください」

「わかったモグ！」

モグートたちは鋭い爪を生やすと、その爪を使って地面に潜った。

五人はそのまま一列に並ぶと、地中に潜行しながら真っ直ぐに進んで地面を耕す。

猛スピードで地面を耕すと、Uターンして戻ってくる。

以前、集落の土を耕していた時は縦横無尽に耕していたが、きちんと列をなすことで効率よく畑を耕せるようにしたのだろう。

「すげえ！　あっという間に地面が耕されていくぜ！」

「地中での統率のとれた動きは見事ですね」

「さすがはモグモグ族だね！」

モグートたちの地面を耕していく速度にキーガス、ティーゼ、ネーアをはじめとする従業員たちが驚きの声をあげていた。

「これでいいモグか？」

「ええ、ありがとうございます」

十分も経過しない内にモグートたちは指定した範囲の土を耕してしまった。

地面を触ってみると、しっかりと土が耕されている。

「すさまじい速度ですね。私がこんな広い範囲を耕そうとしたら一週間はかかります」

「おいらはもっとかかるんだな」

「作業用ゴーレムにやってもらっても三日くらいはかかるよな？」

「それをたった十分ほどで耕すんだからとんでもないね！」

モグートたちの圧倒的な耕作能力にラグムント、ロドス、リカルド、ネーアもかなり驚いている様子だった。

マンパワーを必要とする重労働をたったの十分で終わらせてしまうなんて。

やはり、モグモグ族の地面を耕す力は突出しているな。

「早速、泥肥料を混ぜていきましょう」

地面を耕し終わると、従業員たちは泥肥料を撒いていく。

泥が散布されると、またしてもモグートたちが地面を潜行して、土と肥料を混ぜ合わせてくれる。

「この調子なら一時間もしない内に畑が出来上がりそうだね」

「先日、植え付けを断念した芽キャベツと落花生を植えることができそうです」

「モグートたちの今後の割り振りはどうしようか？」

「どうせなら彼らの能力を活かせる作物を割り振りたいところです」

彼らは俺たちに比べると身体がとても小柄だ。

トウモロコシのような背丈の高い作物を育てるにはデメリットとして出てしまうが、逆に背丈の低い作物であれば、身長の低さはメリットへと変わることだろう。

「じゃあ、彼らには秋ジャガイモ、サツマイモ、ニンジン、ネギ、タマネギといった背丈の低い作物を任せようか」

「いいですね。モグモグ族の皆さんであれば作業効率がよさそうです」

「あとは低木果樹の管理もいけそうだね」

俺の言葉を聞いた瞬間、メルシアの耳と尻尾がピーンと立つ。

低木果樹というのは最高樹高が一・五メートルくらいのものを指す。有名なものだとブルーベリー、ラズベリー、ブラックベリー、ユスラウメ、金柑《きんかん》などだ。

「そ、それでイサギ様は何を植えようとお思いなのでしょう？」

メルシアがぐいっとこちらに身体を寄せ、若干早口になりながら尋ねてくる。

直立していた耳がピクピクと動き、後ろにある尻尾が期待を表すかのようにゆらゆらと揺れていた。

メルシアはブドウが大好物である。

もちろん、ブドウに近しいブルーベリーやラズベリーなんかも大好きであり、六月から八月頃はミレーヌの市場で売りに出されていたブルーベリーなんかを毎回買ってくるほど。

そんな彼女が低木果樹を育成すると聞けば、食いつかないはずがない。

「ブルーベリーを植えようかなって……」

「では、すぐに開発いたしましょう！」

「いや、実はブルーベリーはできているんだ」

「そうなのですか⁉」

メルシアに贈ったブドウを作る際に、同系種のブルーベリーもサンプルとして品種改良をしていた。そしたらなぜかこちらが先にできてしまったのである。

ブドウをプレゼントする前に出すのも微妙だったし、栽培をスタートさせる機会を密かに窺《うかが》っていたのだ。

「では、北側にある畑の半分はすべてブルーベリー畑にしてしまいましょう！」

「ブルーベリー畑の範囲が広くないかい？」

「問題ありません。ブルーベリーはそのまま食べても美味しいですし、ジャム、スムージー、ソース、タルト、パンに混ぜたりなどと使い道は幅広いですから」

メルシアの目に炎がメラメラと灯っている。すっかりやる気のようだ。

私情が大いに入っている気もするが、彼女には日頃から大変な仕事をこなしてもらっている。これくらいは管理者の役得として認めてあげることにしよう。

これから作業に従事することになるモグートたちは大変かもしれないけど。

「ちなみにブルーベリーにはもう一つの栽培方法があるけど、全部地植えでいいの？」

「もう一つとは？」

「鉢植えさ」

「鉢植えと地植え、どちらがオススメでしょう？」

「早く収穫することを主眼にするなら鉢植えがオススメで、少し時間がかかってもいいけど美味しくしたいんだったら地植えかな」

どちらも一長一短であることを告げると、メルシアは数分ほど悩んだ末に答えを出す。

「……では、半分を一般販売用として鉢植えにし、もう半分を高級販売用として地植えにしましょう」

「わかった。そうするよ」

販売目的で育てるのであれば、早く大きく育ってくれる鉢植えの方がいいからね。

両方の栽培方法を取るのは、大農園の経営観点からも堅実だ。

「では、早速やりましょう」

方針を決めたところでメルシアが言ってくる。

「わかった。なら、ブルーベリーを育てたいところにこれらを混ぜてくれるかい？」

ブルーベリーを育てる上で何よりも大事なのは水はけだ。

マジックバッグから水はけをよくするための土を二種類と保水性を向上させるピートモスなどが入った麻袋を渡した。

「イサギ様、こちらの丸い水晶のようなものはなんでしょう？　とても綺麗です」

メルシアが開けている小さな麻袋には、微かに水色がかった丸い水晶がたくさん入っていた。

「ああ、それは水魔石を加工したものだよ。これを混ぜておくと土壌が乾燥してきた時に自動的に水分を排出してくれるんだ」

「水魔石をそのように加工されるとは驚きです。一体、いつからこんなものを？」

「プルメニア産の肥料を作成するのに、魔石を使用した時からかな」

帝国では魔石を手に入れるのが難しかったので、肥料として魔石を使うなんて考えたことがなかったがここでは潤沢に手に入る。

だったら、魔石を利用したよりよい肥料や土壌改良ができないか考えるのは当然だ。

「イサギ様の高い探求心に敬意を示します」

「そんな大袈裟だよ」

メルシアから向けられる尊敬の眼差しから逃げるようにして、俺は地下の実験農場に向かうのだった。

●

「イサギ様、指定された土と水魔石の欠片を混ぜ合わせました」

地下の実験農場からブルーベリーの苗を回収し、大農園に戻ってくるとメルシアが報告してきた。

植え付け地を見てみると、しっかりと土が混ぜ合わせられており、真ん中に溝を掘って両サイドを高くし、水はけをよくしてくれていた。

土作りを終えたばかりの従業員たちもしっかりと手伝わされたようだ。

「うん、問題ないね」

「では、苗を植えていきましょう」

メルシアの指示でモグートをはじめとしたモグモグ族や従業員たちがテキパキと動いていく。

メルシアの表情はいつになく真剣で今日中にブルーベリー畑の植え付けを完了させると言わんばかりだった。

あまりにも真剣な彼女の様子に従業員たちだけでなくモグートたちも黙々と従っている。

大農園にやってきて間もない彼らであるが、本当の意味で誰が頂点に立っているかを理解しているようだ。

スコップで植穴を作ると、そこに地下の実験農場から持ってきた苗を植える。

植え付けたら水が溜まるようにお椀《わん》型にフチを作ってやる。

下にある細い枝や交差している枝を切ってやり、根元がぐらつかないように支柱を作ってやって活着を促す。

最後にバケツたっぷりに水を用意し、苗に水をかけてやる。

この時、一気にかけるのではなく染み込むのを待ってから、注ぐようにしてやればいい。

あとはこれをひたすらに繰り返すだけだ。

それほど複雑な工程でもないので従業員たちも一度見本を見れば、やり方をすぐに理解してくれる。

「ここの枝は切ってもいいモグか？」

「下にある細かい枝はすべて切ってもらって大丈夫ですよ」

まだ慣れていないモグートは剪定にやや手間取っていたが、メルシアや他の従業員がすぐにカバーして教えてあげているので問題はない。

三本目が終わる頃にはモグートたちも一人でブルーベリーの植え付けができるようになっていた。

主な植え付け作業を従業員に任せている間、俺はマジックバッグからブルーベリーの鉢を取り出して設置していく。

こちらは既に鉢植えの中に収まっているために植え替えをする必要はない。大きく成長をすれば、植え替える必要はあるけど今はまだ大丈夫だろう。

しかし、ここは実験農場ではなく地上なので鳥被害に遭わないためにプラミノスハウスを建てておく。その中に鉢植えたちを設置し、ハスクチップを敷き詰めた。

こうすることでブルーベリーの乾燥を防止し、鉢植え内の雑草を抑制し、虫被害も抑制することができるからね。

こちらも最後にたっぷりの水をかけてやれば、鉢植えのセッティングは完了だ。

「イサギ様、すべての地植えが終わりました」

「こっちも鉢植えの設置が終わったよ」

俺が鉢植えの設置を終えるのと同時にメルシアも地植えを終えたようだ。

プラミノスシートの外にいるキーガスたちを見ると、ぐったりとした様子で丸太に腰掛けていた。

最後までブルーベリーの植え付けを手伝わされてやや疲弊しているようだ。

それでも文句を言わないのは、全員がメルシアに借りがあるからなのだろうな。

「これでブルーベリーの植え付けは完了だね」

「どのくらいで収穫ができるでしょうか？」

「鉢植えが二週間、地植えが一か月といったところかな」

「そうですか。とても楽しみです」

ブルーベリーの苗を見つめながらメルシアは待ち遠しそうに頬を緩めるのだった。

38話　第三皇子は持ち帰った作物を栽培する

第三皇子のルドルフは、イザベラと共に帝城内に存在する植物園へ足を運んでいた。

前後と左右は白銀の鎧に身を包み、長槍《ちょうそう》を手にした近衛兵が囲んでいた。

ここは、帝国内に存在する稀少な植物が保存されている植物園だ。絶滅を危惧されている種や珍しい植物の栽培や保護を行っている重要施設である。

レムルス城の塔の一画を使用しているために植物園はかなり広大だ。

ガラス張りのドームの中では五百種類以上の植物が栽培されており、植物を育成するために最適な気温を維持するための魔道具が各所に設置。

天井には植物が十分な日光を吸収することができるように太陽光を放つ魔道具が設置されており、地面には水を循環させるための魔道具が埋められている。

ここはまさに植物を栽培するのに理想的な空間といっていいだろう。

ルドルフも暇ができた際はここに足を運び、美しい植物を眺めて心身のリフレッシュを図っているものであるが、今日はそれらに一切目をくれない。

「実験畑の様子を見にきただけです。私に気にせず職務を全うしてください」

植物の管理をしている作業員たちが跪《ひざまず》くのを制止すると、ルドルフは植物園の奥へ足を進めた。

奥にはだだっ広い空き地が広がり、その一画には小規模な畑が広がっており、数名が作業を行っている。これまでの稀少な植物が立ち並んでいた場所とはまったく雰囲気が異なっており、さっぱりとしていた。

ここはルドルフの命により、獣王国から持ち帰ってきた作物を栽培させている実験畑である。

かつては宮廷錬金術師であったイサギが一画を借り、研究を進めようとしていたが、ガリウスに却下されて実現できなかったものである。

「ルドルフ様、わざわざご足労いただきありがとうございます」

実験畑で作業をしている人員のうち、代表して声をかけてきたのは白髪の老人だ。

彼は帝都でも指折りの錬金工房の代表を務める錬金術師である。

「大事な工房があるというのにお力添えをしてくださり、ありがとうございます」

「いえ、私もちょうど家督を継がせることを考えていたので、ルドルフ様からの依頼は渡りに船でした。気にしないでくだされ」

第三皇子の命とはいえ、いきなり工房の代表者を引き抜いては経営が立ち行かなくなってしまうので、代表の座を息子に譲り渡すことで老錬金術師はルドルフの元へとやってきた。

彼は宮廷錬金術師に比べると保有する魔力量はかなり低いが、人々の生活に根付いた魔道具の開発をしたり、作業用ゴーレムの動作性能や治癒ポーションの効果を大きく向上させるなどの実績を持っている。ウェイスやガリウスの偏った方針や血筋を重んじる文化がなければ、宮廷へ召し上げられていてもおかしくないほどの実績を誇っているのだ。

「作物の様子はいかがでしょう？」

「従来のジャガイモに比べると、とんでもない速度での生育を見せていたのですが、十日を過ぎた頃から苗が弱りを見せてきました」

老錬金術師の言う通り、苗を目にすると見るからに弱っていることがわかる。

「このままだとどうなるのですか？」

ルドルフの護衛であり、部下でもあるイザベラも高貴な身分だ。

農業に対して素人なので、苗を見ても判断がつかない。

「あと五日もせぬ内に枯れてしまうでしょう」

「……弱った理由は？」

「このジャガイモは錬金術によって様々な因子を加えられ、異常なまでの成長速度、繁殖力だけでなく、病害などに対して数多の耐性を獲得しています。恐らく、それらを受け止めるためには栄養豊富な土壌が必要なのではないかと……」

「では、栄養豊富な土、あるいは肥料のようなものを作ればいいのでしょうか？」

「理屈だけで申し上げればその通りでして、できる範囲で開発を進めているのですが時間のかかる作業となるでしょう」

「具体的にどれくらいかかるのでしょうか？」

「……少なくとも十年単位での時間が必要になるかと思います。私だけでやり切れるかはかなり怪しいです」

「そんなにかかるのか⁉」

老錬金術師の言葉にイザベラが驚きの声をあげる。

ルドルフも時間がかかるであろうことはわかっていたが、現物が存在するのでもう少し時間は短縮されるものだと思っていた。

「長年錬金術師としてやってきた私でさえ、この作物にはどのような改良が施されているのか把握しきれません。どのような方が作られたのかは不明ですが、これを生み出した錬金術師は間違いなく天才と呼ばれる者でしょう」

帝都でも屈指の錬金術師でさえも作物のすべてを解析することができない。

ルドルフとイザベラは改めて、イサギの行ったことがいかに偉業だったのかを理解させられた。

「ということは、いくらこの作物を帝国に持ち帰っても、ここでは栽培することができないということですね？」

「現状ですと、そういうことになります」

ルドルフもそれくらいはわかっていたことであるが、想像以上に遠い道のりに目が眩《くら》みそうになった。

「途轍もない時間がかかることは承知しました。それでも帝国の食料生産力を上げるのは急務です。具体的な期限は設けず、失敗を咎《とが》めることはしませんが、これらの栽培ができるように励んでください」

「承知しました。最善を尽くしましょう」

「より作業を進めるために必要なものはありますか？」

「今は人海戦術が一番の近道かと思われますので、うちの工房から錬金術師を追加で雇っていただきたく思います」

「わかりました。十名ほどであれば認めましょう。人選についてはお任せいたします」

「ありがとうございます。あとこれら以外にも改良された作物があれば……」

「直に手に入ります。その時はこちらに優先して持ってくることに致しましょう」

ルドルフの言葉に、老錬金術師は深々と頭を下げた。

老錬金術師から報告書を受け取り、実験畑の作物を視察すると、ルドルフは植物園をあとにして執務室に戻る。

「……プルメニア村のように帝国でも大農園の作物を栽培することは難しそうですね」

「ええ、わかってはいたことですが、想像以上に困難のようです」

イザベラの言葉にルドルフは眉根を寄せながら同意するように頷いた。

ただでさえ、各地では食料が不足しており民たちはギリギリの生活を送っている。これ以上悪化すれば暴動だって起きかねない。

気になるのは帝国の内側だけでなく外もだ。戦火を広げ続けたことにより帝国は諸外国から多くの恨みを買っている上に、隣接する国の数も増えている。

獣王国はひとまずは和平交渉に応じてくれたが、宣戦布告もなしに侵略を仕掛けてきた帝国に仕返しをしてくる可能性もあるし、諸外国と同盟を組んで攻め入ってくる可能性も大いにある。

帝国でイサギの作物を栽培するのに数十年は必要とされているが、それまで帝国が無事でいられるかどうか。

それでも帝国の未来のために農業改革は必須だ。

帝国の暗い先行きを案じながらもルドルフは奔走するのであった。

五巻ＥＮＤ

あとがき

本書をお手にとっていただきありがとうございます、錬金王です。『解雇された宮廷錬金術師は辺境で大農園を作り上げる』の小説5巻はいかがだったでしょうか？

5回目の挨拶になると、やや飽きのようなものを感じてしまいますが、やはりこれがしっくりくるのでこのままでいかせてくださいませ。

2巻、3巻があまりにもハードだったのでタイトル詐欺にならないように4巻に続いて、5巻もとびっきりのスローライフとなっております。とはいえ、本筋があまりにも進まないと怒られてしまうのできちんとストーリーは進行させております。

帝国との会談に、戦後の賠償、獲得した鉱山、新しく出会う仲間たち……それによりイサギたちはいい意味でも忙しくなり、日常にもいいメリハリが出ているんじゃないかと思います。

5巻では帝国皇子であるルドルフやモグモグ族のモグートが新キャラとして登場し、イサギたちとかかわることによって色々な化学反応を起こしてくれました。

本当は後半ではもっと秋のお話が続くはずだったのですが、彼らがあまりにもイキイキとしすぎてしまって予定していた話が入らなくなってしまいました。申し訳ありません。

しかし、安心してください。

ありがたいことに本作品は、小説の6巻の刊行が決定しています！

つまり、まだまだ小説で続きを書けるというわけで担当さんとご相談をし、秋のお話は6巻に挿入させていただくことになりました。

とてもありがたいです！

というわけで6巻では秋の話から始まり、収穫祭といったイベントも収録される予定です。色々と企画が進行中とあって少しだけ刊行に間が空くかもしれないですが、楽しみに待っていてくださると嬉しいです。

コミックの3巻も小説と同時発売です。そちらも好評発売中なので合わせて楽しんでくださると嬉しいです。

錬金王《れんきんおう》

解雇された宮廷錬金術師は辺境で大農園を作り上げる5
～祖国を追い出されたけど、最強領地でスローライフを謳歌する～

2024年7月26日　初版第1刷発行

著　者　錬金王

発行人　菊地修一

発行所　スターツ出版株式会社

〒104-0031　東京都中央区京橋1-3-1　八重洲口大栄ビル7F
TEL　03-6202-0386　(出版マーケティンググループ)
TEL　050-5538-5679（書店様向けご注文専用ダイヤル）
URL　https://starts-pub.jp/

印刷所　大日本印刷株式会社

ISBN　978-4-8137-9350-2　C0093　Printed in Japan

［錬金王先生へのファンレター宛先］
〒104-0031　東京都中央区京橋1-3-1　八重洲口大栄ビル7F
スターツ出版（株）　書籍編集部気付　錬金王先生